川端康成 掌中小說集 ①

川端康成 著
林水福 譯

【譯者序】

魔術師之花——川端康成掌中小說的分類與意義

林水福

一、掌中小說的由來與命名

「掌中小說」的日文唸法有：「てのひらの小說」與「たなごころの小說」兩種。究竟川端康成的掌中小說，哪一種唸法較為妥當呢？依長谷川泉之說，以後者為妥。他說川端獲諾貝爾文學獎之後，第一次舉辦川端康成展時，長谷川泉為籌備委員之一，就這個問題，直接請教川端本人，得到的答案是後者，即「たなごころの小說」。為尊重本人所以採後者唸法。

起初這類極短篇小說的名稱，有岡田三郎的「二十行小說」、中河與一、今東光的「十行小說」、武野藤介的「一枚小說」；一般通稱「コント」（konnto）來自法文的「conte」，含短篇小說之意。

川端康成在《文藝春秋》發表的〈掌篇小說的流行〉（大正十五年一月，即一九二六年）中說：

所謂掌篇小說是《文藝時代》集結各位新人的極短的小說，中河與一冠上的名稱。中河大概是從某氏發表在文藝春秋的〈寫在手掌的小說〉（掌に書いた小說）那裡得到靈感的。

川端文中說的某氏，應是億良伸。那段時期發表這類極短篇小說的還包括中河與一、武野藤介、億良伸、岡田三郎、金東光等。其中以川端發表的作品最多。

二、掌中小說的分類

川端本身曾隨意加以分類，涉川驍、松坂俊夫也作過分類。這裡主要參考長谷川泉的分類。有同一作品跨二類的。（長谷川泉分二十二類，這裡僅引用十三類）

1超現實的、神祕的作品：〈死相發生的事〉、〈處女的祈禱〉、〈靈柩車〉、〈屋頂上的金魚〉、〈盲目與少女〉、〈女人〉。

2怪奇、靈感、輪迴思想的作品：〈金絲雀〉、〈滑岩〉、〈麻雀的媒人〉、〈合掌〉、〈焚燒門松〉、〈顯微鏡怪談〉、〈足袋〉。

3空想、夢、幻想的作品：〈帽子事件〉、〈母國語的祈禱〉、〈秋雷〉、〈睡覺的習慣〉、〈臉〉、〈秋雨〉、〈白馬〉、〈雪〉。

4夫婦間的情愛、男女心理微妙的作品：〈敵人〉、〈月亮〉、〈玻璃〉、〈一個人的幸福〉、〈化妝的天使們〉、〈舞蹈鞋〉、〈紅梅〉、〈夏與冬〉、〈瀑布〉、〈月下美人〉。

5與人心細微對決的作品：〈歷史〉、〈後台的乳房〉、〈舞蹈會之夜〉、〈十七歲〉。

6少年少女的愛或官能與感傷的作品：〈男與女與板車〉、〈蚱蜢與鈴蟲〉、〈指環〉、〈日本人安娜〉、〈雨傘〉。

7女性無貞操的作品：〈海港〉、〈白花〉、〈屋頂下的貞操〉、〈神的骨〉、〈貧者的戀人〉。

8伊藤初代[1]相關的作品：〈向陽〉、〈向火裡去的她〉、〈鋸子與生產〉、〈相片〉、〈雨傘〉、〈處女的作祟〉。

9淺草相關作品：〈雞與舞者〉、〈白粉與淺草〉、〈被綁的丈夫〉。

1 譯註：伊藤初代（一九〇六至一九五一年），川端康成的前未婚妻。十五歲時與二十二歲的川端訂下婚約，一個月後突然毀約。因這事件的失意成為川端生涯的轉機，在許多作品中可見深深的影響。這份川端永遠無法滿足的青春少年的愛，留下對純潔少女的夢與對處女的憧憬。與川端克服孤兒意識的命題融合，形成獨特的川端文學。

10伊豆相關作品：〈頭髮〉、〈阿信土地公〉、〈滑岩〉、〈謝謝〉、〈夏天的鞋子〉、〈冬天近了〉、〈有神〉。

11抽象性、思想性作品：〈落日〉、〈不笑的男子〉、〈士族〉、〈土地〉。

12風俗性作品：〈夜店的微笑〉、〈驟雨的車站〉、〈被綁的丈夫〉、〈秋風的太太〉。

13病態感覺的作品：〈人的腳步聲〉、〈恐怖的愛〉、〈屋頂上的金魚〉。

三、**掌中小說的重要性與特色**

關於掌中小說，川端於《川端康成選集第1卷——掌中小說》的「後記」寫到：「我的著作中，最懷念、最喜歡，現在還想送許多人的，其實是這些掌中小說。這些作品大半是二十幾歲寫的。許多文學家年輕時寫詩，我則是寫掌中小說代替寫詩。雖然也有勉強寫的，不過，自然寫出來的好作品不少。今日看來將這一卷當作『我的標本室』，即使不全然滿意，但充分表現我年輕時的詩精神。」

大正末期掌編小說流行，岡田三郎、武野藤介等人也寫，但是不長久。只有川端「藉著需要洗鍊技法的這種形式，綻放了可稱為魔術師的才能之花」（吉村貞司語），島木健說：「在心靈受到洗滌的清冽之中，眼前感受到美麗、懷念的悲喜人生。」給予高度肯定。

〈謝謝〉則是川端掌中小說的代表性作品，清水宏在一九三六年改拍成電影。二〇一〇年，〈早上的趾甲〉與〈謝謝〉的第二小節，被混合拍成電影。

故事大略是母親帶著女兒搭巴士，準備將女兒賣到鎮上，途中女孩喜歡上彬彬有禮的司機，母親讓女兒和司機過上一夜；因此，母親不賣女兒了。一般認為這篇作品極為簡潔地描繪了司機的爽朗，與底層女孩的悲歡。

三島由紀夫認為這是掌中小說裡傑出的一篇，「要被母親賣掉的少女，在搭乘巴士的途中，跟巴士司機結合」的意外結果。三島指出「作品中的人物，作者皆以溫柔的眼光寬容」，要賣掉女兒的母親、被賣的女兒、最後成了丈夫的司機，「是對命運極端純潔的人們」，他們有著「不會對抗命運的個性，但也不能斷言他們對命運盲從、怠惰、無智或無力。應該說他們是對命運的美麗禮節有所體悟的人。」

三島推薦將〈謝謝〉與《伊豆的舞孃》一併閱讀，還舉出〈雨傘〉、〈夏天的鞋子〉都是絢麗如寶石的作品。

其次，〈殉情〉中逃走的丈夫，接連寄信給九歲的女兒，要她不要發出聲音，所以不能使用橡皮球、碗、鞋子，妻子也遵從他的要求。

女兒拿出吃飯的飯碗發出聲音，妻子反抗性製造了巨大聲響，確認聲音是否確實傳到丈夫那邊。丈夫的信又來了，命令：「你們不要發出任何聲音！」，最後妻子和女兒死了，丈夫也並枕而死。

川端解釋這篇作品是「刺到愛的悲哀」，同時代的梶井基次郎也注意到這篇小說，伊藤整的評價是「一串掌中小說的頂點」。之後有表現「愛情的束縛與掠奪」、「愛的脆弱、虛幻」，使用遠距離透視等的心靈現象，呈現「嘲諷的愛情形式與挖掘其悲痛的佳作」種種高度評價。星新一深愛這篇，說自己即使轉生多次也寫不出這樣的作品。

一般常說「從作家的處女作即可窺見作家將來的發展方向、風格等等」，川端的處女作《感情裝飾》裡收錄了三十五篇掌中小說。由此可見川端的文壇初航與掌中小說有著密不可分的關係。

目錄

雨傘

下著不至於淋濕，但會使肌膚潮濕，如霧般的細雨。此刻跑到外頭的少女，看到少年的傘。

「哎呀，下雨了？」少女說。

少年不是因為下雨，而是經過少女坐著的店面時，為了遮掩自己羞赧的臉才撐傘。

少年默默地把傘移過去給少女遮雨，但少女只有一邊的肩膀在傘內。少年淋著雨，卻不敢靠近少女的身體。少女也曾想用一隻手一起撐傘，卻總是想從傘下逃走。

二人進入照相館。少年的父親是當官的，要調派到遠處。這是離別的紀念照。

「請兩位一起坐在這裡！」攝影師指著長椅子。

可是，少年不敢和少女坐在一起。少年站在少女的後面，為了讓身體的某部位碰在一起，抓著椅子的手指輕輕碰觸少女的短外套。少年第一次接觸到少女的身體，從手指傳過來的身體微溫，感覺像是緊抱少女裸體的溫度。

這輩子，每次看到這張照片，就會想起她的體溫吧。

「再一張怎麼樣？兩人坐在一起，上半身放大。」

少年點點頭，小聲對少女說：

「頭髮哪？」少女微微抬頭看少年，雙頰紅了，眼睛明亮、閃耀著喜悅，像小孩子趴搭趴搭的跑向化妝室。

少女看到經過店面的少年，來不及整理頭髮就跑出來。頭髮亂得像剛脫下泳帽，少女一直在意著。然而，少女在男人面前感到羞赧，連把後邊的頭髮往上梳理都不好意思。少年也認為開口要少女整理頭髮是對她的羞辱。

跑向化妝室的少女感到開心，連少年也很開心。在那喜悅之後，二人像是理所當然地並肩坐在長椅上。

少年準備走出照相館，尋找雨傘。不意看到先出去的少女，拿著傘站在馬路上。少女看到少年望著她，才意識到自己拿著少年的傘。少女感到驚訝，下意識的動作裡，表現出她是屬於他的不是嗎？

少年說不出「讓我撐傘」的話，少女也沒辦法把傘遞給少男。然而，跟來照相館的路不一樣，二人突然變成大人了，像夫婦的心情走回去。關於傘的故事到此為止。

金絲雀

太太——我破壞了約定，非得再一次寫信給你不可。

你去年送我的金絲雀，我不能飼養了。那對金絲雀是我妻子照顧的，我的工作只是「看」。看到牠們，我會想起太太你。

太太說過：「你有妻子，我有丈夫，我們分手吧！至少，假如你沒有妻子的話——這對金絲雀送給你，當作我的紀念。看吧！這對金絲雀是夫婦。不過，我也只是在鳥店裡，隨意抓起一隻公的和一隻母的，然後放進同一個籠子裡，金絲雀自己並不懂這種事。總之，看到這對鳥就請想起我！送生物當紀念品或許奇怪。不過，我們的回憶也還活著。金絲雀終有死去的一天，若我們對彼此的回憶，到了不得不走到盡頭的那天，就讓它死吧！」

現在那對金絲雀快死了，因為飼養的人不在了。我是貧窮又懶散的畫家，養不了嬌嫩的小鳥。坦白說，照顧小鳥的妻子死了，她死後，金絲雀也會跟著死——想來，我所以能保有對太太你的回憶，其實是因為我妻子的存在吧？

我曾考慮把金絲雀放生，然而，妻子死後，這對小鳥的翅膀也急速衰弱了。而且，兩隻金絲雀不熟悉天空。不管在這都會或附近的森林，這對夫婦都沒有可以成群結伴飛翔的友鳥。如果兩隻分別飛開，只會一隻接一隻死去吧！就像太太說的，不知哪裡的鳥店，隨意把一公一母放進同一個籠子裡。

話雖這麼說，我不想賣給鳥店，因為是太太送我的，而我也不想還給你。因為是妻子飼養的。再者，說不定你已經忘記了，金絲雀對你來說是麻煩吧！我想再次強調，因為妻子，金絲雀才能活到今天——成為我對你的回憶。所以太太，我想讓這對金絲雀為妻子殉死，不竟然是回憶，是妻子使我完全忘記生活的痛苦，令我不用看到人生的一半。否則，我在像太太那樣的女性面前，不是躲避，就是移開眼睛。

太太，我可以殺掉這對金絲雀，埋在妻子的墳墓裡吧！

好久不見的人

「今天又遇到好久不見的人呀！」

最近，父親從學校回來，對女兒這麼說，談那天遇見好久不見之人的話題，次數增多，隔三差五就提。

父親是私立學校的國語教師，屆齡退休之後，當兼任老師。兩個月前兒子結婚，搬出去之後，和女兒一起生活。兒子結婚得晚，三十三歲；女兒也二十六歲了。父親的第一任妻子四年就分手，沒有孩子，第二任妻子生了兩個孩子，在女兒六歲時離婚了，之後便一直單身。家中的女傭人做了很久，親戚們提議讓女傭扶正當主婦，但兒子和女兒不接受。因此，女傭待不下去，離開了。

從孩子小時候，父親就比較疼兒子。兒子比較女性化。對待父親的日常用品，兒子也比女兒用心。兒子從小就愛漂亮，擦自己的鞋子也會幫父親的鞋一起擦，燙自己衣服的同時也幫父親燙衣服。父親的領帶到內衣褲，都是兒子作主買來的。兒子會做菜，也有過兒子在廚房準備晚飯，父親對女兒說，妳也幫忙一下呀！

「他自己喜歡做，我去他會覺得礙手礙腳，破壞心情。」女兒沉著回答，「哥哥變得像女性，也是因為父親的緣故。」

「他從小就模仿媽媽。」

「哥哥是受到母親不在的影響，或許內心認定要像母親那樣對待父親，而我不喜歡。」

兒子結婚分居後，老父似乎覺得寂寞，女兒沒同情，反倒厭惡。父親那天的領帶，換過三、四條，女兒只是看著。從學校回來的父親，樣子看來比以前疲累。突然變老了。

「今天遇到難得的人呀！」

那之後，父親開始說這樣的話。

「那是鄉下念小學時同班的女孩。說是女孩，現在已經是老太婆，但比我看來年輕得多。因為個性很強呢，我對那孩子有兩次深刻印象。從前鄉下小學生的我們很粗魯，放學回家的路上會抓女孩們的頭髮。男孩把女孩一個個推倒，抓她們的辮子拖行，先哭出來的那組，算輸；忍耐較久的那組，贏。那孩子到最後都不哭，五、六組男孩裡我第一。女孩哭不哭呢？我看著她的臉拖行，我還記得那她往上揚的眼角，都不眨一眼，忍耐著痛苦的臉，我至今仍然記得。」

幾十年後，父親在東京街上的角落遇見對方。那女孩是保險公司高級幹部的太太，聽說也有孫子了。是對方先出聲叫父親的。

接下來父親又遇見好久不見的人，是父親高中時在當鋪的小伙計。當時住在學校宿舍，宿舍很自由，父親休假要回家時，先把棉被拿去當掉，往廣島的路上，在京都或途中下車玩一天。回宿舍時，因為已經拿到學費，又去當鋪贖回棉被。

「到宿舍來扛棉被，又把棉被扛回宿舍的，就那是小伙計。聽說今天在東京的芝區也有了自己的當鋪。好懷念呀。」

父親從學校回來又對女兒說，在路上碰見第一次結婚時的媒人夫妻。父親聽說自己的第一位前妻後來再婚，吃了很多苦，十年前死了。

「雖然短暫，作為夫婦一起生活過的女人死了，我卻什麼都不知道。」父親說。

後來父親接連在街上偶然碰到以前熟識，現在疏遠的人。每次都說給女兒聽。有大學的朋友、當老師時第一次教的學生、以前房東的女兒、妻子的好友、從前學木管樂器的師兄弟、從前登山同伴的姐姐、鄉下同村子的人……。然而，父親跟那些人相遇的故事，逐漸變簡短。女兒不由得懷疑起來。

「今天又遇到好久不見的人呀！」

父親如往常這麼說，脫下西裝之前，先從口袋裡掏出香菸和手帕。只是遇見從前的朋友，沒說明是什麼朋友。女兒撿起手帕，一枚大紅色楓葉掉落。

「哇，好漂亮。是料理擺盤用的嗎？跟朋友一起用晚餐嗎？」女兒說。

「不是，是風吹的。學校的楓葉落下，其中一片葉子飛來，剛好落在我頭上。」

父親是否真的不時遇見難得的人，女兒想確認看看。知道父親下班的時間，女兒到學校附近的車站躲藏並等待。父親快步到車站來，右手輕輕揮動。女兒看到父親要見的女人，心中一悸。那是女兒的母親，女兒呆立不動。

女兒心想到目前為止，父親遇到所謂「好久不見的人」，都是父親的謊言，其實是去見母親。父親為什麼瞞著女兒呢？是因為母親再婚，現在有了丈夫和孩子的關係嗎？從什麼時候開始，為什麼父親會去見母親呢？

下一次，自己也想見見母親，女兒連續三天到車站，母親沒來。第四天，父親看到進入車站的漂亮中年婦人，停下腳步歪著頭看，接著靠近搭訕。婦人表情訝異，似乎想不起來的樣子。父親好像認錯人了。女兒想跑到父親身邊，父親遇見「好久不見的人」，是否都認錯人了？她感到害怕，甚至懷疑以為是母親的女人也是錯認？

雪隱成佛

從前、從前的嵐山之春——

京都富家的太太、小姐、遊女町的藝妓跟女郎，打扮得花枝招展來賞櫻，然後在貧窮百姓家門口紅著臉微彎腰致意：

「對不起，可以借用一下廁所嗎？」繞到後邊一看，廁所卻是又髒又舊的草蓆簾子——那簾子每次被春風翻飛，京都女人的身子都不由得哆嗦，還聽得到小孩哇哇的叫聲。看到京都女人困擾的樣子，小百姓有了主意，蓋起小間的雪隱[2]，掛上被墨寫得汙黑的看板。

「雪隱租借，一次三文」。

---

2 譯註：廁所。語出中國，一說，傳說雪竇山的明覺禪師曾在杭州靈隱寺打掃廁所，所以，出家人把廁所叫成了雪隱。日人沿用。

賞花季節借用者「川流不息」，料中了這情況的雪隱主人八兵衛很快就賺大錢。村中的一人羨慕起八兵衛，對自己的妻子說：

「八兵衛最近因為雪隱賺了很多錢。我打算這個春天也要建造出租雪隱，把八兵衛打倒，妳看怎麼樣？」

「你呀！頭腦不清。即使我們蓋了出租雪隱，但八兵衛那邊是老店，有固定的顧客吧！而我們是新的店，要是沒抓準，貧窮豈不雪上加霜……」

「胡說什麼！這次我想到的雪隱，不是像八兵衛那樣骯髒的雪隱。聽說這陣子京都街上流行茶湯，我想蓋像茶席式的雪隱。首先，四根柱子吉野的圓木看來髒髒的，我要用北山的入節杉，天井採用蒲天井，打上蛭釘，垂掛釣釜不用繩子，使用鐵鍊，妙案吧！窗戶使用下地窗，踏板採用櫸木的如輪木，便池前檔用薩摩杉。便池的四周塗上蠟色，壁塗二層。門使用檜木的長薄板，白竹貼皮。屋頂用杉皮、青竹貼皮的蕨繩、大和葺鋪法。脫鞋處用鞍馬石，旁邊參雜青竹的四目垣，採橋杭型的洗手缽，流水竹筒用細水慢慢流的赤松，管他什麼千家、遠州、有樂、逸見的不同流派，反正統統叫過來……」

妻子茫然問道：

「那使用一次收多少錢？」

費了好大功夫，總之趕上花期，蓋了豪華的雪隱，還請和尚寫看板，唐式厚重字體「雪隱借用一次八文」。

不管多麼京都的女人，都會覺得太豪華了，只會欣賞地望著；妻子可能看到那看板，拍拍榻榻米：「阻止你也沒用，花了那麼多錢，最後怎麼辦呀？」

丈夫胸有成竹：「妳不要發牢騷了。明天我去招攬顧客，借用的人會像螞蟻一樣聚集過來。我明天早上也早點起床，帶著便當轉一圈回來，保證門庭若市。」

可是，翌日卻睡得比平常晚，十點左右才醒來。撩起頭髮後襟把便當綁在脖子上，回頭向老婆嗤然一笑：

「老婆啊！我這一輩子的所作所為都被你挑剔，說我像傻瓜，說我在做夢。今天妳看著我吧！我要去兜攬顧客，繞一圈回來後，客人一定絡繹不絕！要是便池滿了，掛上暫停使用的牌子，請隔壁的次郎兵衛，掏一桶或二桶。」

妻子覺得極度不可思議。說是招攬顧客，難道拿著雪隱出借的牌子，在京都街上揮動喊叫嗎？百思不得其解之際，很快就有八文錢被丟進錢筒，有姑娘進入雪隱了。然後，輪流似地，借用者紛沓而至，老婆感到驚訝，眼珠睜得大大的看守著。沒多久就掛上暫停的牌子，找人掐糞便——終於到了傍晚時候，雪隱租金八千文，掏出五桶。

「我家老公真的是文殊菩薩再生呀？像他說得像是做夢，這是第一次變成事實呀！」

滿臉高興的妻子買了酒等丈夫回來，可悲的是，被抬進來的卻是丈夫的屍體。

「他在八兵衛的雪隱中蹲得太久，發生疝氣死了呀！」

原來丈夫出門後，隨即拿出三文錢進入八兵衛的雪隱，並從裡頭上了鎖，外面的人想打開，他就佯裝咳嗽：

「咳！咳！咳！」咳到聲音嘶啞。因為春天的白晝太長，他蹲得連腰都挺不起來。

聽到這件事的京都人，無不交相稱讚：

「多麼像風流人的結局呀！」

「他是天下第一的茶道師。」

「日本有史以來最有趣的自殺！」

「雪隱成佛，南無阿彌陀佛！」

娘家

絹子自己回到娘家，想起以前嫂嫂回娘家之後的事。

嫂嫂出生的山村，有叫「吃湯圓」的習慣，一月三十一日晚上，叫嫁出去的女兒們回來吃加了湯圓的小紅豆粥。大概是懷念以前的小紅豆粥吧。

「這麼大的雪也要去？」母親說，嫂嫂背著小孩出門時，有點不高興的目送。

「高興成那樣，有了小孩，還像小孩子。妳嫂嫂不趕快在這個家定下來呀。」

「可是，要是我嫁到別的地方去，也會一直懷念這個家呀！如果不想回這個家，媽媽會寂寞吧。」絹子說。

因為戰爭，村子裡男人變少，嫂嫂也要參加女子「移動馬耕隊」的工作。嫁到鎮上來，身體雖然輕鬆，但過著物質匱乏的生活，絹子覺得可惜。一想到現在，在大雪紛飛的山路，嫂嫂急著回家的身影，不由得想對她說「加油」。

四年後，絹子回到娘家，在嫂嫂廚房做飯的聲音中醒過來。隔壁家的白壁，離山很近，回憶湧現。對佛壇的亡父說：「我很幸福。」同時眼淚靜靜流下。走去叫醒丈夫。

「啊，這是在你的家。」丈夫躺著環視舊房間。

早飯前媽媽已經削好許多蘋果和水梨遞過來，對說夠了的女婿：

「吃個痛快吧！」罵想吃的孫子們。在三個小姪子、姪女包圍下已是姑丈的丈夫，那種溫和，絹子感到少有的快樂。

母親抱著絹子的嬰兒到外面來。

「絹子的小孩這麼胖，你們看。」向附近的鄰居炫耀。

看到嫂嫂站起來，要去拿哥哥從戰地寄來的信的背影，絹子突然覺得嫂嫂雖然年紀不大，卻有著完全成為這個家一份子的穩重感，她放心了。

合掌

1

波浪聲高昂。他拉上窗簾。果然海上有漁火，可是，比剛才看來更遠。而且霧似乎往海面降下來。

他回頭看床鋪，不禁胸口一冷。一片純白的布只是平平攤開而已。是因為新娘的身體，往下邊柔軟的棉被沉下去嗎？床絲毫沒有鼓起。只有頭擱在寬闊的枕頭上隆起。

一直看著她的睡姿，不由得靜靜地流出眼淚。白色的床，讓人感覺像掉落月光中的一張白紙。於是，窗簾拉開的窗戶，讓他感到恐怖。他放下窗簾，然後走向床鋪。

他一隻手肘撐在有裝飾物的枕頭上，端詳新娘的臉一會兒；另一隻手扶著床腳，膝蓋跪下。額頭貼著鐵的圓角。金屬的冰冷滲入頭部。

靜靜地合掌。

「討厭，討厭哪！好像對死人做的動作。」

他立即站起來，臉紅了。

「妳醒來了呀？」

「我根本沒睡好，一直做夢哪！」

胸部像弓隆起，新娘看他的當下，純白的布膨脹微動。他輕輕敲布。

「霧往海面下降哪！」

「剛才的船隻都已經回去了嗎？」

「它們還在海上呢。」

「薄霧，所以大概沒關係吧，好，妳休息吧！」

他一隻手伸向白布之上，嘴唇靠過去。

「不要嘛！我醒過來，你就做這種事；我睡了，你就像對待死人一樣。」

2

合掌，是他從小養成的習慣。

他很早就跟雙親死別，和祖父二人住在山裡的村子，祖父是盲人。祖父常帶年幼的孫子到佛壇前，然後摸索孫子小小的手掌，讓他合掌，自己的手蓋在孫子手上，雙重合掌。孫子覺得那雙手好冷。

孫子個性固執，常亂說話氣哭祖父。每次祖父叫山寺的和尚來，和尚一到，孫子就乖乖靜下。為什麼？祖父也不知道，和尚往孫子前面閉目端坐，莊嚴合掌。孫子一看到合掌，身體就感到寒氣。等到和尚回去之後，他朝著祖父靜靜合掌。盲目的祖父看不到，白色眼球睜開，空空的。然而，那時孫子感到心靈被洗滌了。

於是，他相信合掌的力量。同時，沒有雙親的他，受到許多人的照顧，也對許多人做了錯誤的事，然後成長。然而，他個性上有兩件做不到的事：對他人道謝，與請求他人原諒。因此，他在別人家時，每夜合掌盼望回到自己的床。他相信這樣做，任何人都會了解自己沒說的心情。

3

青桐樹陰下，石榴花如燈火綻放。

不久，鴿子從松樹林回到書齋的屋簷。

又不久，月光的腳步在梅雨放晴的夜風中搖晃。

從白天到晚上，他一直靜坐窗前合掌，祈求能喚回妻子——她只留下簡短信函，便逃到從前情人的身邊。

耳朵逐漸澄清，似乎連一公里外，秘書在停車場的笛聲都聽得到。無數人的腳步聲，聽來像是遠處的雨。這時，腦中出現妻的身影。

他來到注視了半天的白色道路。妻走著。

「喂！」

拍拍肩膀。

妻茫然看著他。

「回來了！回來就好。」

妻倒向他，眼瞼在他肩上廝磨。

他靜靜地走著，說：

「妳剛才坐在停車場的凳子上，咬著雨傘柄吧？」

「哎呀，你看到了？」

「看到了呀。」

「那還不出聲？」

「嗯，我是從家裡的窗戶看到的！」

「真的？」

「看到了所以來接妳。」

「哇！好可怕。」

「只覺得可怕嗎？」

「不是。」

「妳想再回來的時候是八點半左右吧？我連這個都知道呀！」

「夠了！——我已經死了，我想起來了，嫁過來的當天晚上，你把我當死人似地合掌拜拜，那時，我就死了！」

「那個時候？」

「我哪裡都不去了，對不起！」

然而，這時的他，為了試驗自己的力量，感受到想向她們合掌的慾望——與世上所有女人進行夫婦的關係。

竹葉小舟

秋子把水桶擺在蜀葵旁邊，摘梅樹下的小竹葉，作了幾艘竹葉小船，在水桶裡漂浮。

「看，小船哪，有趣吧。」

小孩蹲在水桶前，注視著小船。然後抬頭看秋子，嫣然一笑。

「好可愛的小船，你很聰明，所以送你這小船，跟姐姐一起玩哦。」母親說完，回客廳去了。

那是秋子未婚夫的媽媽。似乎有話跟秋子的父親談，所以秋子避開；但由於小孩黏著，所以帶到庭院。他是未婚夫最小的弟弟。小孩把小手伸進水桶翻攪。

「姐姐，小船在打戰。」對混亂的竹葉小船感到有趣。

秋子離開那裡，把洗好的浴衣擰乾，穿過晒衣竿。

戰爭結束了，可是未婚夫沒有回來。

「戰爭，再打！戰爭，再打！」小孩攪拌得更厲害，臉上沾有水珠。

「哎呀，這樣不行呀，臉上都是水不是嗎？」秋子制止小孩。

「討厭！船不走了。」小孩說。

船真的不前進了，只是浮在水面。

「對了，到後邊的河流吧，船就會跑得快喲。」

小孩拿著竹葉小船。秋子把水倒往蜀葵根部，水桶隨意擺放。

踩著下去河川的踏石，小船一艘一艘流放，小孩高興得拍手叫好。

「我的船第一名，你看，你看！」

小孩衝向河川下游，避免找不到前頭的小船。

秋子加速流放剩下的小船，趕在小孩後面追過去。

秋子突然察覺到，左腳像是踩著地面努力走著。

秋子是小兒麻痺，左腳的腳後跟不能著地，腳變小而柔軟。左腳背高高隆起。不能跳繩和遠足。打算一輩子一個人靜靜地生活。然而，意外訂婚了。她有信心身體的不方便可以用心彌補，從未這麼認真用左腳後跟著地的練習走路。左腳很快磨傷了，但秋子還是繼續苦行。然而，戰爭結束後，她停止練習了。留下木屐帶子磨傷的疤痕像嚴重的凍傷痕跡。

小孩是未婚夫的弟弟，秋子想用腳後跟著地努力走。已經很久沒這樣走路了。河寬窄小，水中雜草叢生，三、四艘小船被勾住了。

小孩在約百公尺之前站住，似乎未察覺秋子接近，目送竹葉小船流去。沒看到秋子走路的樣子。

脖子有深深的凹陷處像極未婚夫，秋子好想將小孩抱起來看看。

小孩的母親出來了，對秋子道謝，一再催促小孩。

「再見！」小孩淡淡地說。

秋子心想無論是戰死了或解除婚約。願意跟跛腳結婚的，也算是戰爭中的感傷吧。

秋子沒進入家門，去看隔壁新建的房子。是這一帶見不到的大房子，行人一定會看的。戰時工事停止，堆放木材的旁邊雜草叢生，這陣子突然工程迅速。門前種了兩棵松樹。

秋子覺得這房子的模樣沒有溫暖，很僵硬。可是，窗戶卻很多，連客廳四面都有窗戶。

附近的人談著會是什麼人搬過來呢？沒有人知道正確答案。

港口

這個港口很有意思。

普通人家的太太和女孩到飯店來。客人住宿的期間，女人也住在這。早上起來，跟客人一起午餐、散步，就像新婚旅行的夫妻。

儘管如此，當客人提議要帶女人到附近的溫泉，女人便會歪著頭沉思。但是，如果客人說想在這個港口租房子，還是姑娘的女孩，大都會高興地說：

「如果時間不長，不到一年半載的話，我可以當你的太太。」

他要搭船離開的那天早晨，趕著打包行李，幫忙的女孩說：

「哪！幫我寫封信好嗎？」

「怎麼了，現在嗎？」

「我已經不是你的太太了，所以沒關係吧。你在的時候我一直陪伴在旁，從沒做過什麼壞事，可是，我已經不是你的太太了吧！」

「了解了，了解了！」說著，他幫她寫一封信，給另一位男人。那男人似乎也在這飯店跟女人同居半個月。

「你也給我寫信吧，當某個男人乘船離開的早上，當你不是某人太太的時候。」

早上的趾甲

貧窮女孩借住貧窮人家的二樓，等待著與戀人結婚。然而，每晚不同的男人到女孩這裡來。那是晨曦照射不到的房子。女孩穿著男人磨損的木屐，在後門洗衣物。

夜晚，無論哪個男人一定會說：

「怎麼連蚊帳也沒有？」

「對不起，我會整晚不睡覺幫你趕蚊子的，請原諒！」

女孩戰戰兢兢地在青色蚊香上點火。電燈關掉之後，女孩注視著蚊香的小小火點，常想起小時候的事。還有，一直用扇子幫男人搧風。繼續作揮動扇子的夢。

初秋來臨！

老人罕見上來貧窮人家的二樓。

「不掛蚊帳嗎？」

「對不起，我會整晚不睡覺幫你趕蚊子的，請原諒！」

「這樣啊！等我一下！」

老人說著站起來，女孩纏住他。

「我會整晚幫忙趕蚊子，我不會睡覺的。」

「嗯，我馬上回來。」

老人從樓梯下去了。電燈亮著，女孩點起蚊香。明亮的地方，不會想起孩童往事。

大約一小時之後，老人回來了。女孩一躍而起。

「太好了，還有吊繩。」

老人在寒傖的房間掛起全新的白色蚊帳。女孩鑽進裡面，拉開下襬走著，舒爽的觸感讓人雀躍。

「我想你一定會回來，沒關電燈等著呢。我想在明亮燈光下多看看蚊帳！」

然而，女孩進入幾個月以來的甜蜜夢鄉。連早上老人回去也沒察覺。

「喂！喂！喂！」

女孩在戀人叫喚聲中醒過來。

「終於明天可以結婚了！嗯，很好的蚊帳，光看就覺得舒服。」

他說著馬上把蚊帳的吊繩卸下來，把女孩從蚊帳裡拉出來，讓她爬到蚊帳上邊。

「妳在這蚊帳上邊，就像大蓮花呀！這房間也因此像妳一樣純潔。」

女孩觸碰到新的麻布，感覺自己像穿著白紗禮服的新娘。

「我要剪趾甲呀！」

坐在占滿房間的蚊帳上，她開始專心剪起遺忘的長長腳趾甲。

謝謝

今年的柿子豐收，山裡的秋天很美。

半島南端的港口。穿著紫衣領黃制服的司機，從陳列著駄菓子[3]的二樓候車室走了下來。

門口豎著用紅字寫著「定期公車」的大型紫色旗子。

母親捏緊駄菓子的紙袋口站起來，對鞋帶綁得漂亮的公車司機說：

「原來今天輪到你啊，能讓謝謝先生帶她過去，這孩子一定會有好運，真是好的象徵。」

司機默默看著旁邊的女孩。

「一直拖下去沒完沒了，而且快要來到冬天，若是寒冷時節把這孩子送到遠處，也

3 譯註：駄菓子（Dagashi），低廉的價格就能買到的糖果或零食，以小孩為消費對象。

太可憐。既然要送出去，不如選在好一點的季節，所以決定現在帶她去了。」母親又說。

司機默默點頭，像軍人般走進汽車，把駕駛座的墊子轉正。

「老太太，請坐到最前面來，前面比較不會搖晃，路程遠得很哪！」

母親要把女兒賣到北邊十五里有火車通行的鎮上。

山路雖然搖晃，女孩的眼光馬上被眼前司機寬闊平衡的肩膀吸引。眼中，黃色衣服擴大到整個世界。群山的姿態往他肩膀兩邊分駛而去。汽車必須越過兩個高嶺。

公車追近共乘馬車，馬車讓路往旁邊靠。

「謝謝！」

公車司機的聲音明亮，同時像啄木鳥一樣點頭，恭謹敬禮。

跟運木材的運貨馬車錯身而過，運貨馬車靠向路邊。

「謝謝！」

大八車。[4]

4 譯註：日本從明治時代到昭和初期運送貨物的一種人力車子，意思是一次可以運八人力量拉重量。

「謝謝！」

人力車。

「謝謝！」

馬。

「謝謝！」

他十分鐘超過三十輛車子，但禮數連一個也沒少。即使疾馳百里姿態依然端正，像筆直的杉樹那樣樸素、自然。

三點過後出港口的汽車途中亮燈，司機每次與馬相遇就一一關掉前燈。接著：

「謝謝！」

「謝謝！」

「謝謝！」

他是這十五里道路的馬車、貨車、馬之中，評價最好的司機。

當夕陽降臨停車場的廣場，女孩身體搖晃，感覺腳跟漂浮，步履蹣跚抓住母親。母親隨後拋下女孩，追上司機。

「你等一下！」

「喂，這孩子喜歡上你了，我合掌拜託你。反正從明天起她就成了陌生人安慰品。真的呀！縱使任何城鎮的女孩，只要搭你的汽車十里就……」

翌日清晨，司機走出木造租屋，像軍人穿過廣場。在他的後方，母親和女孩小跑步跟著。豎著紫旗的大型紅色定期公車從車庫出來，正等候第一班火車下來的乘客。

女孩先坐上公車，上下嘴唇互相摩擦，邊撫摸司機座的黑色皮革。母親因天寒把袖子合在一起。

「哎呀，哎呀，又把這孩子帶回去了！今天早上被這孩子哭鬧，還被你罵！我的好心全給抹煞了。我帶回去就帶回去吧，不過，說好的只到春天喔。天冷的時候把她送走也怪可憐的，就忍耐吧；不過，下次天氣好的時候這孩子可不能待在家裡喔！」

第一班火車下來的乘客，有三位搭上汽車。

司機調整好司機座位的墊子，女孩目光馬上被面前溫暖的肩膀吸引，秋天的晨風從他肩膀的兩邊吹過。

公車追近共乘馬車，馬車讓路往旁邊靠。

「謝謝！」

貨車。

「謝謝！」

馬。

「謝謝！」

「謝謝！」

「謝謝！」

他在十五里的山路滿懷感謝，回到半島南端的海港。

今年的柿子豐收，山裡的秋天好美。

吵架

紅梅盛開的窗戶前方，湛藍的海，有陽炎[5]產生。

「東京啊……」新娘說。她的父親是酒鬼。

「東京啊，連一個醉酒的人都沒有，在鄉下時經常聽人這麼說。聽說不讓醉酒者走在街上，要是醉酒者出現在街上，警察會馬上帶走。光是這樣，從孩提時就覺得東京是多麼棒的地方！然而，來到東京一看，醉酒者還是有的。」她笑得很開心。是想起在街上看到的怪樣醉鬼？還是父親雖被酒所苦，現在還能幸福的笑著想起呢？

「聽說東京沒有夫婦吵架呀。」

「咦？」丈夫吃驚，注視著新娘正經的臉。

「如果世界上有地方沒有夫婦吵架，那是沒有婚姻的地方吧。」

5 譯註：在日照強烈的海邊或柏油路上，可以看見物體反射產生朦朧、晃動的現象。也稱熱流閃爍（heat shimmer）。

「來到東京也已經兩年了，沒看過有夫婦像鄉下那樣吵架。東京的人果然聰明，有禮貌。」

「說的是這個啊，那是都會生活的不幸！夫婦吵架不能大大方方地吵。鄉下人，以隔著一道牆都聽得見的聲音，堂堂正正扭打在一起的吵架，那是多麼幸福，不像東京很鬱悶呀！」

看到新娘懷疑的臉，丈夫站住，說：

「理論不如證據，這裡是溫泉的別院，沒有人看見，紀念新婚旅行，要不要做些不一樣的？」猛然抓住新娘的胸口，邊用力拖曳邊說：

「喂，妳反抗呀，用力反抗！回到東京就不能這樣盡情玩了！」

新娘最初對男人的暴力只有臉色蒼白，身體反抗得頭髮都散亂了，忘我之間，邊哭著邊砰砰毆打丈夫。

「怎麼樣？爽快吧！」

新娘哭泣的臉，羞赧的微笑，對丈夫翻白眼；感到碧海的陽炎在她身上燃燒似的喜悅。

化妝的天使們

色彩

那裡跟少年的夢的顏色不同。
我看著那顏色離家出走。
失魂落魄似地走著，直到冰冷的針捕捉到我的腳為止。
那是南瓜大葉子的夜露與芒刺。
環視廣闊稻田裡的村子，只有一盞燈。
那亮光是少女在青竹的納涼台放的煙火。
我偷了腳下的南瓜，給納涼台當禮物。
少女在青竹之上窸窸窣窣地切南瓜。
橘子色的南瓜肉，好美！

所以啊，世界的遊歷者啊，
哪裡的國家，有那種橘色的女人啊？
我喜愛少女們到那種程度，
色彩之神請原諒我吧！

風景

我在山林與野外的村子成長，忘記山林與野外。
在河邊發現少女。
我只想拍我和少女二人的照片。
我每天一個人上溪流，下溪流，尋找拍照時構成美麗背景的岩石、河流、樹木。
於是，我終於了解風景之美。

藥

那個孩子被賣掉了！
你要是早點來就好了。
你給的藥她小心收藏著哪！
藥確實帶去了！
她是健康的孩子，所以一輩子感冒的次數大概比不上藥的數目吧！
我遇見她時，我和她都感冒了。
少女大概相信那藥是感冒藥吧！

雨傘

雨傘鎮、雨傘店的女兒。
陣雨來了。
雨傘店的庭院收進來一堆雨傘——我們聽到新油紙摩擦的聲音。

陣雨放晴，離開家時，女孩說：
您忘記傘了。
陣雨又來了。
陣雨放晴，走出旅店之後，我說：
忘記帶傘了。
女孩沒作聲，卻遞給我，我的傘。
我們像老夫老妻同時打開兩把傘。
女孩有一天會成為我的人吧！
在旅店，我由於心情滿足、安詳，
甚至連女孩的手指都忘了碰。

女孩到男人家的，那一夜。
雨水冷透穿著冬服的肌膚，
我沒帶傘尋找她的家。
女孩沒當新娘之前，我非搶回來不可。

我踮起腳尖想看新房子的門牌，積在帽緣的雨水像瀑布落下來。
廁所的燈亮著。
雨傘從窗戶啪地被扔出來。
那是又舊又破的雨傘。

白髮

早在二十年前就滿頭白髮。
而且白髮常斷裂。
用牙齒咬著把髮根拔掉。
我記得呀，媽媽常那樣幫我抓蝨子哪！
女人睡著了。
即使拔到天亮，依然盡是白髮。
我去刷牙，嘴裡都是女人頭髮的味道。

花

來這裡的火車的窗戶，開滿曼珠沙華[6]。
哎呀，您不知道曼珠沙就是那裡的那個花呀。
葉枯了，才長出花莖呀。
請告訴將要分手的男子一種花名。
花，每年一定綻放。

恩人

赤腳走在海灘，錢包從浴衣的懷裡掉下。
傍晚憂鬱的波浪舔腳而去。
我把脫漿而散開的錢包，放在走廊晒乾。

6 譯註：又稱彼岸花、石蒜。

女人從裡頭找到織錦的袋子。

那是天滿的天滿宮[7]的智慧護身符。

護身符裡藏著一張小照片。

繫著半寬腰帶，長髮、戴眼鏡，像是鄉下少女。

這個可愛的女孩是誰？

是我的恩人呀。

咦，恩人？——女人仔細端詳照片。

我掉到水池快死掉的時候，是這個女孩救了我。

然而，我卻將那張照片和錢包一起放在避暑別墅的走廊忘了帶走。

女人有時看到別的女人會想起來。

她像您的恩人。

其實，一點也不像。

好美的女人啊，她常這麼說。

7 譯註：此處指大阪的天滿宮，日本有多處天滿宮。

她救人性命，像個美女——我們常以愉快的謊言美化恩人，最近有傳言她在某處生了一個小孩。

睡相

睡相，有時是突然老去的女人。
睡相，有時是突然年輕的女人。
哪個可悲呢？其實，都說不上。
我不認識睡相好的良家婦女。
因此，問了娶藝妓當老婆的男子。
當老婆還是不行。
舉止變粗俗了！

下襬

我醉了！我醉了！好冷！好冷！女人說著邊打瞌睡。
腳好冷。
把衣服下襬一圈圈捲到腳踝。
翌日早晨，女的臉頰紅通通像剛洗完澡。
女人頻頻擦拭紅臉頰，早上二人吃雞肉火鍋。
我想起來了。
醒過來就不見的女人們。

蚊帳

早上，我去看女人。
掛得好好的白蚊帳裡空空的。
旅店的人說。

她帶著身邊衣物到男人那裡去了。
女人在男人家的後門口，洗滌男人的東西。
她看到我，默默地進入家裡，開始迅速更衣。
像是讓您久等了似地出來。
女人住宿旅店的白蚊帳還是老樣子。
我解下吊繩，二人跳上床。
新麻布的觸感。
也想隱身到日光的湖水裡。
我向書店的老闆借錢，在意膝上的女人味道。
買了女人的洋裝和化妝箱。
女人在白色的麻上睡得香甜。
這時我才察覺到，連到日光的火車費也沒了。
我剪著睡著的女人的指甲，代替旅行。

手錶

在某個法律事務所上班的貧窮法學士，參與了市議會議員收賄事件的辯護，意外收穫些許金錢，認識貌美如花的女性朋友。

他邀這位女性去看戲。

在劇場出口搭乘小型計程車。這是他有生以來第一次搭車。半年前去泡溫泉時，搭帶篷馬車晃來晃去，連坐公車都捨不得。

把大氣關在狹窄車箱中，他的旁邊一直有著年輕女性的氣息。汽車奔馳於無風聲的寒夜，他的感情其實是懦弱萎縮的，不知如何自處。他突然說出不著邊際的話。

「那個劇場只停著便宜的計程車，與其走到有好車子的車行，不如就近忍耐一下，對吧，很冷呀。」

「欸？」

女人反問似地回過頭，因此，他迅速補上：

「可是，車子搖搖晃晃，車箱又小，反而冷。」

然後，彷彿要確認什麼，咚咚地敲著沒墊東西的硬皮革座位。

「像這樣子，真受不了呀！」

女人隨意敷衍。他感到有點自討沒趣。

為了轉換局面，他不禮貌地悄悄伸出手，把女人放在膝蓋上的手轉過來。

「現在幾點？」

出奇不意的動作，女人尖叫。

「哎呀！不行，這支手錶。」

他嚇得手縮回來。女人臉紅了。

「這手錶人家真的不喜歡！戴在細小的手上顯得太大了，還是日本的，和製的哪，而且是舊款式的。我戴著手錶，你是什麼時候看到的？連袖子裡面都看到了！」

他呆住了，霎時說不出順耳的話。

「但這是我媽媽的遺物，所以戴在手上，讓媽媽的回憶附著肌膚，是舊時代哪！」

「那可以聽到媽媽的聲音囉？」

「媽媽的聲音？哦，對，那是和製，像日本女人混濁的鈍聲！」

「怎麼樣？」

他第一次輕鬆地把女人的手拿到自己的耳邊。

「喂，聽到了吧？媽媽說，和男生外出是不行的。」

女人微笑。他的臉頰接觸到女人手腕，將顫慄傳給身體。

可不能輕率地小看二人的虛榮心。因為，這虛榮的偶然產生的結果，給了在女性面前一向卑屈膽怯的他，少許戀愛的勇氣。

由此可見，或許沒有比利用什麼而成功的戀愛，更無聊了。

然而，這事件說不定讓他的人生一大躍進，使生活感情出現一大進步。怎麼說？只因為他輕輕接觸到她肌膚的原因，很難保證他不這麼想：

「試著讓這花樣的女人，將她生的小孩繫在背上，拿著這金手錶到當鋪去。」

「這個啊，總之……」伏見醫學士有點困惑似地苦笑。鄉下中學在京都的同學會，就幽靈的話題談得不亦樂乎，這麼一來，在座唯一的醫學者，大家問他意見也是理所當然。然而，他就醫學的觀點說了幽靈的有無之後，並未澆醒大家的酒意。

「總之，醫學的傢伙無論是成了幽靈，或是發瘋了，我想還是能做出令人討厭的事。我其實認識一個奇怪的傢伙，大學比我大三、四屆的男子。」

那個叫千早的男子，想以基礎醫學做為一生的志業；那是十年、二十年後，即使當了大學教授，也很難養活他龐大的家人們。沒辦法，只能一邊當婦產科的助教，一邊還在解剖學的研究室做發生學的研究。這樣一來，當然跟只為了撰寫學位論文從事基礎醫學研究的其他助教們相比較，他的熱心從根本就是錯誤的。

「診療時的奇怪態度——例如說到最過分的，那時候因內閣推薦，某個剛當上敕選議員的政治家千金到婦科看診，她是醫院裡有名的美人呀！要診察千金時，千早君非常焦急，手也沒洗，就往走廊另一頭的研究室衝不是嗎？以為他要幹什麼？一看……」

一臉通紅的伏見說，千早醫學士用自己的右指擦顯微鏡的底板。

「可能這樣還不夠？便用指甲縫隙去戳底板，指甲剪得很短，因此馬上滲出血來；還把那些許的血塗在顯微鏡的底板上，千早君一看，臉色蒼白，頹喪地把頭趴在桌上。」

助教們語帶諷刺地交相談論：那一定跟發生學有什麼關係吧，但也沒放在心上，哪知大約一個月左右之後，「千早的發生學」這句話，在醫院內卻成了某種意義的流行語。因為千早和那美麗的千金似乎成了戀人。不知何時助教們和那千金交談，不是醫師和患者，更像是和朋友的未婚妻。然而，害怕千早專心一致充滿熱情的眼光，每個人都避免和她親切交談。

「要是受到顯微鏡偵探術的嫉妒，會受不了。」遠遠地諷刺著。

「不可以笑！顯微鏡實際上在科學性偵探術上，是很管用的道具，例如，里昂警察實驗所的所長艾德蒙·羅卡爾博士將某男士的耳垢，用顯微鏡擴大五萬倍以上一看，有印刷用的墨點、石版印刷使用的石粉末、還有某藥品的結晶體，意即，偽造紙幣的證據曝露無遺。如果像羅卡爾博士那樣有善於使用顯微鏡的太太，各位只要跟女性握手，回去之後一定會被發現的呀。」

再者，新貴族院議員的千金，並不一定品行端正。新畢業生不知道千早恐怖的眼睛，還有科對科的比賽。

「例如，內科與婦產科的助教，進行棒球比賽。」

科對科比賽的名人，叫大竹的助教，或許同樣個性爽朗，毫不避諱地很快就變親近了。他和千金連袂去神宮球場看聯賽的第二天，經過走廊時，千早叫住他。

「大竹君，你這四、五天都沒診察呀。」

「是的。」

「今天也不打算看患者？」

「現在剛上班。」

「十點之前要製作山田教授的教材，你可以幫忙嗎？」

大竹依他說的，一進入研究室，千早就以銳利的眼光看他的指甲。

「指甲有點長了，碰標本之前先把指甲剪短。」

趁大竹到隔壁的標本室的空隙，千早撿起他剪下的指甲屑，把指垢塗在底板上用顯微鏡觀察；突然抓住回來的大竹肩膀。

「你昨天晚上和女人在一起？」

「你想幹什麼？無聊！」大竹衝出研究室。

「千早像怨靈似的臉讓人不由得打寒顫，大竹逃出去是不對的。後來大竹自己也這麼說——那一天千金來看診……」

傍晚，工友輕輕打開解剖學研究室的門——千早的右手掌，從指頭開始皮完全剝落，紅紅的，血滴答滴答落下。千早血肉之中拿著小型的手術刀，往左手的指甲間刺下。工人沒出聲，逃走了。

「等到我們大夥趕到時，千早把左手的指甲活生生剝下來，正在削手指的肉。滿手是血，指頭骨清晰可見的右手抓著手術刀！而且，千金就倒在他面前。臉上留下千早的幾道抓痕。還有另一個，連我們身為醫生的都感到恐怖的是，旁邊的顯微鏡。千早一定把自己的指垢塗在底板上，千金臉上細小的肉片與血——即使離開她，在顯微鏡下還活生生蠕動著，還有千金平常愛用的白粉。」

千早要把這些顯微鏡的證據，從自己手上消除，所以削自己的手指。即使發瘋，這也是平常愛玩顯微鏡男子的悲哀，竟然忘記了最大的證據——倒在那裡的千金的軀體。

「被害者的血已經完全滲入犯人汗腺的細胞，怎麼洗都洗不掉呀。」伏見環視同學們。

「所以說各位，解剖學教室出現露出紅肉的手，和削滿是鮮血的手是幽靈嗎？那是年輕的大竹和千金？其實，大竹前一晚，是和女人過了夜沒錯；可是，另有其人，是大竹自己的戀人呀！」

孩子的立場

他的母親，其實悟性很差。

「我媽媽強迫我結婚，其實，我之前有私訂終身的情人。」

多津子來跟她商量，所謂私訂終身的情人，她似乎也該察覺到就是她的兒子，但卻像是聽到別人家的事，很起勁地聊了起來。

「這個啊，妳就不要遲疑了，即使是離家出走，也要戀愛結婚吧，依我的經驗給妳忠告，我也有過跟妳現在一樣的處境，只因為走錯了路，造成三十年的不幸，一輩子都白活了。」

這下，多津子完全解讀錯誤，以為她承認自己的戀情，暗地裡支持自己。明顯紅了臉說：

「既然這樣，伯母您家的一郎，您會讓他自由結婚吧？」

「這是當然的。」

多津子滿懷高興回家了。站在旁邊聽著的他，緊追其後似地寫放棄婚約的信來！寫道：「接受安排好的婚事吧！」然而，終究不敢這樣寫：

（然後生下像我這麼傑出的小孩！）

敵人

女演員在陰暗處嘩啦嘩啦流著淚，看自己主演的電影。

她的過去，雙親是最初的敵人。哥哥是第二個敵人。因此，之後把世間所有人都看作敵人，尤其是男人。而每增加一個敵人，她就往通向黑暗的階梯走下一步。

在螢幕的世界，少女的她可憐的被父親賣給男人。

看到這一幕的她，與被看的她，同時哭泣。而隨著片子繼續放映，二人一起感受她們被奪去處女的悲傷。

即使不想起過去那可怕的時刻，現在也覺得自己的身體感受得到。這一幕攝影時她覺得不是演戲，而是感受到身體重複過去那恐怖的事情。

也就是說，到目前為止她三次被奪去處女。換句話說，她曾三次是處女。

正感到最悲傷時，她前面的座位來了一對男女。她不由得想叫出來，是同一電影公司的女演員與導演。

那個女演員馬上把白色的側臉轉向她哭泣的臉，對導演小聲說。

「你看，果然不像是純真的少女，身材也垮了。看，胸部也——」

「啊！殺不了嗎？」她小腿豎起像刀刃插在地板上，從椅子上站起來。

她遇到生平真正的敵人。

這個女演員這時第四次奪走她的處女。而這次真正徹底被摧殘得形影不留。

——男人絕對無法奪走女人的處女。

十七歲

銀杏掉落，姐姐受妹妹之邀也到寺的庭院一看，銀杏樹下的地藏堂貼著告示，映入眼簾寫著「不可在此遊玩」；仔細一看，墨色字旁邊用淡鉛筆寫著「討厭」。

那是小孩子的字，看出是妹妹寫的，姐姐趕快帶她回家。

妹妹在家挨罵之後也害怕了，不再去寺的庭院遊玩。

那次之後，「討厭」成了妹妹的暱稱。遇到有什麼不方便，妹妹回答遲疑時，姐姐從旁說：

「討厭。」妹妹生氣，因此，連母親遇到相同情況時也說：

「討厭。」嘲笑她。說法不同，聽來感覺也不一樣。有事找妹妹時，就會說：

「討厭小姐！」

妹妹想起大約十年前的事，從醫院寄給姐姐的信就想署名「討厭」。有點好玩，削著鉛筆。不小心把筆芯削斷、吹走了。又開始削，眼睛稍一眨眼，這次不是眼裡，白色墊布上有黑米粒大小的東西移動著。

「哎呀，討厭！」

是斷了的筆芯。比筆芯更小的螞蟻正搬運著。她遽然敲一下墊布，螞蟻和筆芯一起跳起，並抱著筆芯掉了下來。甚是有趣，於是又敲一次。螞蟻還是抱著筆芯，覺得訝異，注視著螞蟻，那是身體顏色淡的螞蟻。

她察覺到是鉛筆芯，想看螞蟻會搬到哪裡丟。螞蟻很認真搬運，小小的腳，快得連視覺都趕不上的速度移動著。有時突然停止，而後像是充了電似的又動起來。注視著之間，感覺自己身體小得像螞蟻，墊布很大。白色的布像是雪原或冰原，不由得悲傷起來。

生病之後，對於細小事物也容易掉淚；這感傷不僅是像小孩，更被感傷誘發動輒想起孩提時代的事，有一種失去年齡依靠的感覺。十七歲的今年，從未認真思考過自己的年齡；第一次思考，害怕自己是否會長不大。

半夜感覺自己像是被拋棄在時間之外，有一天母親來探望時，若無其事說出來：

「昨夜到庭院一看，夜露沾濕了梅乾呀。」對這樣的話特別感慨。

「哦，夜露沾濕梅乾。」母親在庭院嘟噥著。在下方的妹妹急著要站起來，不小心把蚊香踢飛了。於是蹲下來，專心撿拾一抓就斷掉的灰。

母親說下邊的妹妹會做這樣的事了；後來想起來，浮現眼前的不只是幼妹撿拾蚊香灰的樣子，連夜露沾濕的梅乾也懷念。感受到夜已深人已靜的市街。「大家都睡了，我愛大家。」

微張開雙手做出擁抱的姿態。

「我要休息了。」說著眼淚掉下來。由於是戰時，病人能夠休息是大大的感謝。讓人直覺：雖然不能做什麼事，但希望健康。

剛才和螞蟻遊玩的童心消失後，不知怎的悲傷起來，像是已過了這年齡階段，閉上眼睛躺下來。即使想對搬運鉛筆芯而去的螞蟻說話，自己卻先感到寂寞。

這時姐姐來探望了，妹妹又高興起來。

「我剛剛寫信要給姐姐。」

「真的？給我看！」姐姐伸出手，妹妹搖頭藏到枕頭下。

「小孩子呀，不可以因生病就撒嬌哦！」姐姐也注視著看妹妹，靜止的眼神出現妊娠的疲累，但只是短短一瞬便馬上將手提袋在妹妹的床上打開。

「這是妳姐夫的照片。歐卡來信的照片。」

那是姐夫站在中國房屋牆壁前笨拙的照片，下方寫著：

「歐卡來信」

姐姐臉靠近遞給妹妹的照片。

「歐卡指的是我。阿兵哥說，歐卡這名字有種穩穩固定的奇妙感覺。」姐姐邊說著眼睛從未離開照片。姐姐的肩膀接觸到妹妹，這是很久沒有的事，妹妹心中砰砰跳，姐姐要洩漏祕密了，會是什麼呢？

然而，姐姐突然踮起腳坐到稍離開的椅子上，帶著像是事情已經結束的表情看著妹妹。妹妹察覺到眼睛向下俯視的不適，要休息一下。姐姐把大包袱巾的包袱放到膝上，等待妹妹臉抬起來。

「猜看看是什麼？媽媽說看來生產之前不可能回來，所以給了我。」邊說著，緩緩解開綁著的結。

「這個，還記得嗎？」

「哎呀。」

是四歲時死去的大姐的盛裝。

「我出嫁時本來想要，但事到臨頭卻說不出來。這次是為了小孩，較容易說出口。所以心情也跟上次完全不一樣。」

妹妹一目瞭然，那是有紅白淩亂的鶴的窄袖便服、朱色底浮上金色菊的長棉坎肩、紫色底染了白牡丹的被布、緋皺綢的長襯衫。

長姐的事，姐姐和妹妹小時候都不知道。晒衣服時，看到這些小孩子穿的衣服，姐姐不記得曾經穿過，但以為是自己穿的，完全沒有懷疑過。長姐的事是從伯母那邊聽來的。姐姐假裝不知道父母悲傷的祕密，因此到了想更珍視父母的年紀時，倒是後悔知道這個祕密，雖然發誓不洩漏給任何人，卻偷偷告訴妹妹，希望有感傷的同伴。

「可是也不知道是男的還是女的。」妹妹說。

「像是女孩子。」姐姐斷然說。

「媽媽也說，看我這樣子應該是女的吧，我們家女孩子生得多。」

「穿死了的人的衣服沒關係嗎？」

「無所謂，現在這時節怎還能說這樣的話？如果是別人家的當然不行！」

「現在這時節，那樣的好衣服，醒目呀。」妹妹說，對自己像是可惜那衣服，並對姐姐產生妒忌感到訝異。

「姐姐，生產的時候也不回去？」

「是的。沒打算回去。歐卡留守，所以還是不回去的好呀！」姐姐笑了；像是想起什麼似地。

「我們還沒問死了的姐姐叫什麼名字吧！我要是生了女孩子，裝作不知道，取姐姐的名字，讓父母感到驚訝，這事兒我曾經跟妳說過吧！還記得？還好，沒問名字。小孩的名字，不應該以少女的感傷取呀！我要他在戰地取名字。小孩的名字，不應該被我女人的心情傷害呀！」

妹妹點頭。

媽媽說：「下次或許讓嬰兒穿這件衣服來呢。要活得健康哦。妳要是給孫子穿這件，那孩子也會長得壯壯的。媽媽啊，想得真多，不過還是很感謝她。」

妹妹眼淚都快要噴出來，雙手掩面。姐姐趕緊安慰她，還有因為生病的關係，斥責她，妹妹意外的心情平穩，只當作安慰。

然而，隨著心靈被洗滌，依舊感到無比悲傷的是，自己不能夠多了解母親和姐姐所受的愛情折磨。想擁抱母親和姐姐的生活方式，可惜還沒開始自己卻先倒下，反而看到像小孩一樣被擁抱的自己。連小姐姐都不明白。

不過，這樣充滿愛的心意相信會傳遞到天上，一定會保護姐夫和未來生下的孩子，不由自主朝向遠方合掌，心中充滿感激。

有神在

夕暮來臨，他被山邊一顆星星發出像瓦斯燈的光輝，驚嚇到。在別的地方從未見過這麼大又近的星星。被它的光芒照射，他感到寒冷，像狐一樣從白色小石子路跑回家。寂靜，落葉一動也不動。

他跑向浴池跳入溫泉裡，把熱熱的濕毛巾貼在臉上，這時才感到冷冷的星星從臉頰掉落。

「變冷了，最後決定正月在這裡過嗎？」

一看，是熟識的賣雞的。

「不，我考慮往南越過山。」

「南方很好呀，我們到三、四年前為止都在南方，所以到了冬天就想回南方。」賣雞的說著，但根本沒回頭看他。他一直偷瞄著賣雞的不可思議的動作。賣雞的膝蓋著地上半身伸直，清洗坐在浴槽邊緣的妻的胸部。

年輕的妻子挺起胸部幾乎貼著丈夫，看丈夫的頭。小小的胸部，小小的乳房像白色杯子微微隆起，由於生病一直都像少女的身體，這是既年輕又純潔的象徵。像柔軟草莖的身體，上邊支撐著美麗的臉，讓人感覺更像花。

「這位客人，是第一次到南方嗎？」

「不，五、六年前曾經去過。」

「是嘛。」

賣雞的一隻手抱著妻的肩，沖洗胸部的肥皂水。

「山頂上的茶店有個中風的爺爺，現在還在嗎？」

他心想說錯話了。賣雞的妻子手腳似乎不健全。

「茶店的爺爺，是誰？」

賣雞的臉轉向他。妻子若無其事地說：

「那個爺爺啊，三、四年前就死了。」

「哦，這樣子啊。」他第一次正視妻的臉。接著轉開眼睛，同時用毛巾遮臉。

（是那少女。）

他想隱身在夕暮的熱氣中。良心對裸體感到可恥。五、六年前的旅行在山南時傷害的少女。因為那少女五、六年之間良心一直疼痛著。然而，情感繼續做著遙遠的夢。即使如此，在熱水中相會不是過於殘酷的偶然嗎？他覺得呼吸困難把毛巾從臉上拿開。

賣雞的早就不理他，從熱水裡起來繞到妻的後面。

「來，再放進水裡。」

妻將尖尖的雙肘微微張開。賣雞的從腋下輕輕抱起她。她像聰明的貓縮起手腳。她沉下時，水舔著他的下巴。

這時賣雞者跳下去，用熱水猛沖有點禿而上揚的頭。他偷偷瞄一眼，或許是熱水泡著身體，她二道眉僅靠，眼睛閉得緊緊。少女時代曾令他吃驚的大量頭髮，現在像過重的裝飾品潰不成形，歪了。

寬闊到可以轉身游泳的浴槽，沉在角落的他是誰，她似乎沒察覺到。他祈求她的原諒。她生病或許也是他的罪過。像白色悲傷的她的身體，在眼前說著因為他才這麼不幸。

賣雞者替手腳殘廢的妻子做這世上見不到的按摩，在這溫泉傳為佳話。四十歲的男子每天背著妻子到浴池，大家將他妻子的病體當作一首詩，愉快地看著。然而，大部分的人到村子的共同浴池，不到旅館的浴池，因此他不可能知道，他的妻子就是那少女。

他像是忘了在浴槽，不久賣雞者自己先從浴池起來，再把妻的衣服在浴池的階梯上鋪開。從內衣到羽織穿過袖子重疊，然後從浴池抱起妻子。她向後被抱著，還是像聰明的貓縮著手腳。圓圓的膝蓋像戒指的蛋白石。讓她坐在階梯的衣服上，用一根中指抬起她的下顎擦拭喉嚨，用梳子梳理捲縮的毛髮。然後，像花瓣包裹花蕊，用衣服把她的身體包起來。

結好衣帶，揹起柔軟的她，沿著河灘回去了。河灘有微亮的月光。賣雞者的手腕畫出不完整的半圓形支撐妻，手腕下白色搖晃的她的腳顯得更小了。

他目送賣雞者的背影，流下溫柔淚，啪嗒啪嗒掉在浴池。不知不覺之間純粹的心嘟囔著：

「有神在。」

他知道自己讓她不幸是錯誤的。知道那不知量力的想法是錯誤的。知道人無法讓人不幸。知道祈求她原諒也是錯誤的。知道傷害別人，因此站在較高立場的人，向因被傷害因此立於較低立場的人請求原諒的心，是傲慢。他知道人無法傷害人。

「神啊，我輸給祢。」

溪河流水聲淙淙，他的心情像是自己漂浮在那流水聲上，聽著水流聲。

他，不知是她的第幾個戀人。總之明確知道是她最後的戀人。因為，她已接近死亡。「如果知道會這麼早就死，那時被殺死就好了。」她雖然被他抱著，但依然出現回憶許多任男友的眼神，嫣然欲笑。

即使生命快結束，她猶未忘記自己的美。忘不了歷歷可數的戀情。甚至於不知那些反而會造成她的痛苦。

「男人們都想殺死我呀，即使不說出口，心裡也這麼想。」

為了擄獲她的心，除了殺死她別無辦法，跟為愛所苦惱的戀人相比，她今夜將在他懷抱裡死去。現在的他，沒有絲毫失去她的不安，或許這才是幸福的戀人；然而，他抱著她已經有點累了。持續追逐激烈愛情的她，即使成了病人，頭和胸部要是感受不到男人的擁抱，就無法安然入睡。

可是，終究快不行了。

「請握住我的腳，我的腳寂寞得不得了。」

死亡像是偷偷靠近腳邊而來，她頻頻感到腳寂寞。他坐在床旁，緊緊握住她的腳。它猶如死亡般冰冷。但意外的，他的手掌怪異顫抖。他從掌中的小腳，感受到活生生的女人。那冰冷的小腳，跟他手掌接觸到溫暖汗濕的腳底，傳遞了同樣的喜悅。他的感覺像是冒瀆了她死亡的神聖，感到可恥。可是，說「請握住我的腳」是她在這世上最後愛的技巧不是嗎？他對往往只有卑劣的她，此刻的女人味，感到恐懼。

「我們的戀情，你已經不需要忌妒了，會覺得意猶未盡呢。不過，我死了，你忌妒的對手會出現喲，一定會從哪裡冒出來。」她說著，斷氣了。

如她說的。

守夜，來了一個新劇演員幫她化妝，像是要再次讓她恢復跟他戀愛時她充滿活力的美。

之後，一位美術家在她臉上緊緊覆蓋石膏，他對演員忌妒之餘，看來像是要讓她窒息而死般，在她的儀容上充分利用演員化的妝。這個美術家又為她製作死亡面具，作以緬懷。

他了解繞著她的愛戀競爭，在她死後猶不停息，在自己懷裡斷了氣，也不過是小小的勝利罷了，他到美術家那兒想奪回死亡面具。

然而，那面具既像女的，又像男的。看來像稚女，又像老太婆。他胸中的怒火平息。

「這是她，但也不是她。首先，分不清是男是女。」

「是的。」美術家也臉色消沉。

「一般的死亡面具，在不知道對方是誰的情況下看，也分不出性別。例如貝多芬這般偉大人物的死亡面具，一直注視著也會覺得像女性的臉。然而，她原本就比女性還要女性，她的死亡面具應該會更像女人；但如你所看到的，終究戰勝不了死亡。因此，死後也沒有性別的區分了。」

「她的一生是生為女性而喜悅的悲劇。到臨死之際，也十分女性。她現在應該已經完全從那悲劇中脫離了。」他像是噩夢消失似的清爽，邊伸出手。

「我們也可以彼此握手了，在這分不清是男是女的死亡面具之前。」

不笑的男子

青瓷色的天空變得深濃，像美麗瓷器的肌膚。我躺在床上眺望鴨川的水逐漸染成早晨的顏色。

演這部電影主角的演員，十天後必須上舞台，所以一星期左右要徹夜拍攝。我只是以作者身分輕鬆在場；卻覺得嘴唇乾燥，疲累到在白亮的碳光燈旁眼睛都睜不開。晚上到星星都消失時才回到旅館。

然而，青瓷色的天空讓我感到舒爽，感覺會有美麗的幻想產生。

首先浮上四條通的景物。我前一天在大橋附近叫局水的西洋料理店用午餐。從三樓窗戶看到東山新綠群樹。從四條通的正中央，看到山就在眼前——這雖是當然，但對從東京來的我來說，卻是一種新鮮的驚奇。其次是在古董店的視窗看到的面具浮上來。從前笑臉的面具。

「太好了！果然找到美麗的幻想。」

我嘟囔著，滿懷喜悅把稿紙拉過來，將幻想寫成文字。重寫腳本的最後一幕。寫好後附上信，寄給電影導演。

最後一幕以幻想呈現，畫面浮上滿是柔和的微笑假面。這部內容陰暗的物語，作者希望結尾呈現明亮的微笑。可是辦不到，因此，希望至少以美麗的微笑假面包圍現實。

我拿著稿子到攝影棚。事務所裡只有早報。食堂老闆娘一個人在大道具房間前撿拾刨屑。

「請將這個拿去放在導演的枕邊！」

這次電影腳本寫的是腦科醫院的故事。我每天在攝影棚看拍攝瘋子們悲慘的生活感到難過。所以，產生好歹要有明亮結尾的念頭產生。找不到喜劇結尾，源自於我自己陰鬱的個性。

所以想到以假面解決，我感到很高興。光是想到醫院裡的瘋子每個人都戴著微笑假面就覺得興奮。

攝影棚的玻璃屋頂發出綠光。天空的青瓷色因白天的亮光變淡。我放心的回到旅館香甜睡去。

去買假面的人，晚上十一點左右回到攝影棚。

「開車繞京都市所有的玩具店一整天，都找不到好的面具。」

「趕快給我看那假面！」

我打開紙包的同時失望地說：

「這個啊……」

「不行吧？以為假面到處都有，感覺在許多店裡都見過；結果找了一整天，只有這個。」

「我考慮的是像能劇那樣的假面。假面本身如果藝術性不高，那麼拍出來只會感滑稽。」

手中拿著凹凸的紙模型面具，我想哭。

「第一這個拍出來會有點暗吧！如果不是白色質地帶光澤的柔和微笑……」

那是褐色的臉，吐出紅色舌頭的假面。

「現在在事務所用白色畫具塗一塗看看。」

拍攝告一段落，導演從病房出來，大家一起看假面都笑了。明天最後一幕非拍不可，沒有時間去找那麼多假面。玩具店的鐵定不行，如果明天找不到舊的假面，至少希望能有賽璐璐的假面。

「沒有藝術性的假面，取消好了。」

或許同情我的失望，腳本部的人說：

「再去找一次看看吧？現在十一點，京都的人還沒睡。」

「可以幫忙去看看嗎？」

車子一直線在鴨川河堤上疾駛。河岸對面的大學醫院，燈火通明的窗戶倒影在水面上。許多窗中，並不是所有病人都困擾著。如果沒有好的假面具，也會想那麼就讓畫面上出現腦科醫院的燈火？

我們在準備打烊的新京極的玩具店一家一家找。雖然知道不行，還是買了二十面紙模型作的「阿龜[8]」。有點可愛，但不可能有藝術性的感覺。四條通已經進入夢鄉。

「請等一下！」

腳本部的人說，轉入小巷。

「這條街有許多賣佛具的古道具店，或許有能用的道具。」

然而，那條街還未打烊的店一家都沒有。我從門縫往裡瞧。

---

8 譯註：おかめ，okame，滑稽的女性假面具。

「明天七點左右來吧，反正今夜也不睡。」

「我也一起來。請叫醒我！」

我雖這麼說，但那個人自己一個人去了，我起來時，能面[9]的攝影已經開始了。找到五張古樂的假面。我想的是同一種類的假面二、三十張；不過，看到五張假面都散發著柔和的微笑，藝術性高的感覺，我也放心了。感覺像是對狂人們盡到最後的責任。

「價錢很高買不起，是用借的。小心一點！弄髒就還不了。」

這麼一說，大家像看寶貝一樣，先洗手用指尖捏看看，審視面具。

然而，不知怎的，等到攝結束一看，有一張臉頰上附著黃色顏料。

「清洗的話，怕會剝落。」

「那我買下來吧。」

其實是我想擁有。幻想在世界和諧的未來，希望大家都有著像面具一樣柔和的表情。

回到東京的家後，馬上到妻的醫院。

小孩子們輪流戴面具笑哈哈。我總算感到滿意。

9 譯註：為能劇中所使用面具。

「爸爸也戴一下。」

「不要！」

「戴看看嘛。」

「不要！」

「戴看看嘛。」

二男站起來想把面具往我臉上貼過來。

「喂！」

妻解救了我。

「也讓媽媽戴看看嘛。」

在小孩哄笑中，我臉色蒼白說：

「耶，給病人做什麼呢？」

病床上躺著微笑的面具，多麼恐怖。

取下面具，妻的呼吸急促。其實，不是那一回事。戴上面具的那一瞬間，她的表情看來多麼醜陋。我看到妻憔悴的臉，起疙瘩。像是第一次發現妻表情的驚訝。在假面美麗而柔和的微笑表情下，三分鐘後才感受到醜陋的表情。說是醜陋，其實，是被擊垮的痛苦表情。悽慘人生的臉躲在美麗的假面下，之後才顯現出來。

「爸爸也戴看看嘛。」

「這次輪到爸爸了。」

小孩又來糾纏了。

「不要！」

我站起來。我要是戴上再取下來，妻會把我的臉看成醜陋的鬼吧，美麗的假面好恐怖，那種恐怖讓我懷疑：到目前為止在我旁邊不斷溫柔微笑的妻的臉，是否也是假面呢？女人的微笑像這假面的藝術不是嗎？

假面具不行！藝術性不夠！我寫電報到京都的攝影所。

——把假面的部分刪掉。

接著又把那張紙揉得稀爛。

向火裡去的她

遠處湖水發出小小的光。老舊庭院裡的腐爛泉水看來像月夜的顏色。

湖水對岸的樹林靜靜地燃燒。火，很快地擴散開來，像是山林火災。

岸上，消防車像奔跑的玩具，鮮明映在水面。

斜坡上黑鴉鴉的人群不斷上來。

察覺到周遭的空氣靜靜地乾燥似地明亮。

斜坡的下町一帶是火海。

——她快速分開擁擠的人群，往斜坡而下，往斜坡下去的只有她一人。

不可思議的是，這是無聲的世界。

看到筆直往火海前進的她，我無法忍受。

那時，不是語言，而是與她的心情，清楚對話。

「為什麼只有妳往斜坡下去呢？是想死在火裡？」

「我不想死，可是，西方有你的家，所以，我往東方去。」

我的視野裡滿是火焰，一點黑色的她的姿態，像是刺痛了我的眼睛，我醒過來。眼尾有眼淚流下。

她說不想往我家的方位走，我已經懂了。她要怎麼想，都好。可是，我鞭打理性，她對我的感情完全冷卻，與跟實際的她無關，只是我自己隨意想像的。對這樣的自己，我毫不客氣冷笑，卻又偷偷想利用。

然而，像這個夢中所見，她對我完全沒有好感，我自己內心深處能夠全然相信嗎？夢是我的感情。夢中她的感情，是我虛構出來的，其實是我的感情。而夢裡沒有感情的逞強和虛榮。

想到這裡，我寂寞啊！

照片

有一個醜陋的——這麼說很失禮；那個詩人對我說，毫無疑問，我因為這麼醜才會當上詩人。

我討厭照片，很少照相。只有四、五年前和戀人訂婚時的紀念照。這對我來說是很重要的戀人。因為沒有信心這輩子還能擁有像那樣的女人。現在那張照片是我最美的回憶。

然而，去年某雜誌說要刊登我的照片，我就拿我和戀人、她姐姐，三人的合照，將我自己的部分剪下來寄給雜誌。最近，又有某報紙跟我要照片，我猶豫了一下，最後把和戀人合照的照片剪一半給了記者，並叮嚀他一定要還我；似乎沒有要還的意思。哎，這事就算了！

這事就算了，可是啊，看那一半的照片，變成戀人一個人，我實在意外！這就是那個女孩？我要聲明在先，那張照片的戀人很可愛，很美。她那時十七歲呀！正談著戀愛。

然而，跟我切開，留在我手中剩下她一人的照片一看，感覺什麼？竟是這麼無趣的女孩啊！多年的夢一下醒過來，多沒趣！我珍貴的寶貝毀壞了。

這時詩人的聲音變很小——

想想，她看到報紙刊載我的照片，也一定會這麼想吧！即使是一時，和這樣的男子戀愛，自己也會為自己惋惜。於是，一切結束了。

不過，我想到，如果兩人合照的照片，要是兩人並列出現在報紙上，她會不會從哪裡跑回我這裡呢？邊說著——啊，這個人，這麼……

卵

夫妻都感冒，並枕睡覺。

妻子每晚在床上照顧長孫，丈夫不喜歡一大早被小孩吵醒，所以很少並枕。

丈夫感冒的原因很滑稽。

在箱根的塔澤地方有從前就熟識的溫泉旅館，冬天也去，今年的二月初去了。第三天，以為是下午一點半，趕緊起來，泡溫泉之後回到房間，女侍者睡眼惺忪，往火爐裡送炭。

「今早怎麼了？起得那麼早，嚇一跳。」

「咦……諷刺我？」

「才七點多呀！你醒過來是七點五分左右……」

「咦？」

「哈哈哈，知道了。我看錯時鐘的長短針了。老花眼的關係，太糗了！」

「櫃台還擔心，昨晚是不是遭小偷了？」

一看女侍者穿著睡衣，套一件銘仙綢的夾衣。似乎是睡著被挖起來，來不及更換衣服。打電話回報櫃台已經起來了，響了一陣子沒人接，櫃台或許還在睡覺吧。

「早早叫起來，抱歉。」

「哪裡，也是該起床的時候了。不過，你再睡回籠覺怎麼樣？我幫你鋪床吧？」

「這樣啊。」我半蹲著手放在火爐上烤。

被這麼一說還有點想睡。不過，因為寒冷所以也清醒著。

就這樣在朝寒之中離開旅館回家。

因此感冒了。

妻感冒的原因不那麼明顯。感冒流行著，或許是被傳染了吧。

丈夫回來時，妻睡著呢。

丈夫說起看錯時鐘的事，全家大笑。

懷錶遞給家人，大家依次看。

那是有點大的懷錶，長針和短針的尖端都有圈圈，針的形狀也一樣，大家的結論是在枕邊些微亮光下，睡眼惺忪的老眼看錯了。也移動針，做七點五分看成一點三十分的實驗。

「爸爸，用夜光針就好了。」么女說。

丈夫覺得懶懶的，有點發燒，決定跟感冒的妻子並枕。

「我來陪妳。」

「可以吃醫生給我的藥呀！反正是一樣的。」

第二天早上，一睡醒妻就問：

「箱根之旅怎麼樣？」

「嗯，好冷！」丈夫的結論；

「昨晚啊，妳自己咳得厲害，把我都吵醒了，我一咳嗽，妳竟然怕得快要跳起來，我都嚇一跳。」

「是嗎？我完全不知道。」

「睡得熟呀。」

「和小男孩睡一下子就醒過來。」

「怎麼驚嚇成那樣子？這把年紀了，麻煩哪。」

「那麼怕嗎？」

「耶。」

「這把年紀也這樣，可能是女人的關係。睡著了，忘記有異物在旁邊……」

「異物？我完全變成異物了？」丈夫苦笑。

「我想起來了，前天在箱根，星期六吧，有團體客住進來。宴會後有一組客人睡到隔壁來；藝妓也醉得厲害，口齒都不清。她跟別房間的藝妓朋友通市內電話，講得沒完沒了，又尖叫。胡言亂語，說什麼都聽不懂，好幾次說產卵了，快產卵了！糊里糊塗說產卵的事，有趣啊。」

「哦，好可憐。」

「可憐嗎？聲音可大呀。」

「所以你才睡晚了，七點起床不是嗎？」

「傻瓜。」丈夫苦笑。

聽到腳步聲。

「媽媽。」是么女在紙拉門那邊叫著。

「醒了嗎？」

「醒了。」

「爸爸也醒了嗎？」

「起來了。」

「秋子，可以進去嗎？」

「進來吧！」

十五歲的女兒一臉正經坐在母親枕邊。

「秋子做了可怕的夢。」

「怎樣的夢？」

「秋子死了！死了的人，自己知道死了。」

「嗯，討厭的夢。」

「是吧，穿著像白色的輕便衣服。走在一條筆直的道路上，道路兩側像霧般朦朧。道路也像是上浮著，秋子輕飄走著。有一個怪婆婆跟在秋子後面。一直跟著，沒有腳步聲，秋子怕得不敢回頭，但是知道婆婆跟過來，逃不掉呀！——媽媽，那是不是死神？」

「沒有這回事。」妻邊說著跟丈夫相視。

「後來怎麼樣了？」

「嗯，之後又走在路上，看得到道路兩側稀疏的房子，盡是像木板小屋的矮房，同樣是灰色的房子，那房子像是柔軟的形狀。秋子悄悄躲進其中一間。婆婆弄錯了，跑到別家去了，好險呀。那個家沒有床，什麼都沒有，卵堆得滿滿的。」

「卵？」妻說著，突然笑出來。

「卵呀！我想是卵。」

「哦，然後怎麼樣？」

「不知怎的，不太清楚，秋子從卵之家升天了！我才一意識到秋子升天了，就醒過來了。」

女兒望向父親。

「爸爸，秋子死了不是嗎？」

「沒有這回事。」

父親突然被問及此事，說出了跟母親一樣的話。他正想著十五歲的女兒作夢，夢見死亡的時候，卵竟然出現，正覺得奇怪。

「哎呀！好可怕，還害怕著呢！」

「秋子啊，那是昨天媽媽喉嚨痛，說吃蛋說不定會好，秋子於是去買卵，所以才做卵的夢呀。」

「是這樣?媽媽我去拿蛋來，要吃嗎?」女兒站起來去拿。

「你不知好歹想著產卵的小藝妓，所以女兒夢裡才會出現卵，好可憐……」妻說。

「嗯。」丈夫看著天花板。

「秋子常夢見死亡嗎?」

「不知道，應該是第一次吧!」

「是有什麼事嗎?」

「這個嘛?」

「可是，是因為卵昇天呀。」

女兒拿蛋來，打破。

「來，給妳。」說著，出去了。

妻側眼瞪著蛋。

「我覺得不舒服，吃不下，你吃吧。」

丈夫也以側眼瞪著。

樹上

敬助的家位於大河要入海的岸邊。大河接著庭院，但是河堤築高了一點，因此從家裡看不到河堤。松樹並列的舊岸比堤防低一節，松樹就像敬助家庭院的樹。松樹前有羅漢松的樹籬。

路子撥開樹籬來找敬助玩，不，是來與敬助幽會的。敬助和路子都是小學四年級生。從前門和後木門都進不來，鑽樹籬是二人的祕密。對女孩子來說不是簡單事，兩手抱著頭和臉，彎腰，鑽入樹籬。也有滾到庭院或是被敬助抱出來的時候。

由於每天來，對敬助的家人感到不好意思，於是敬助教她鑽樹籬。

「好啊！很興奮，心怦怦跳！」路子說。

有一天，敬助爬上松樹，在樹上時，路子來了。一路快步往岸邊來的路子，在經常鑽樹籬的地方停住腳步，環視四周。把長長垂下的頭髮編成三條辮子，盤到前面，用嘴咬住中間部分，迅速做好準備，鑽入樹籬。敬助在樹上屏住呼吸。鑽出到庭院，見不到本該見到的敬助，嚇得往後退躲在樹籬下；敬助看不到。
「路醬，路醬！」敬助呼叫。路子離開樹籬，環視庭院。
「路醬，松樹，我在松樹上呀！」循著敬助的聲音，路子仰望。敬助又對不出聲的路子喊：「來吧，出來吧！」
路子鑽出樹籬，抬頭看敬助：「下來吧！」
「路醬，爬上來呀，樹上很棒。」
「我爬不上，惡作劇，男孩子的惡作劇，下來吧。」
「爬上來，有這麼多樹枝，女孩子也爬得上來的。」
路子看樹枝的情況，「要是掉下來，就都是敬醬的錯。如果死了，我不管了！」就抓住下方的樹枝開始往上爬。
路子爬到敬助所在的樹枝，有點喘，「爬上來，爬上來了！」眼睛發出亮光，「好可怕，抓住我。」
「嗯！」敬助把路子的胸部緊緊抱住，路子抱住敬助的脖子。「看得到海呢。」
「什麼都看得清楚。即使是河川的前方，河川上面……爬上來，很棒吧！」
「對呀！敬醬，以後我也要爬。」

「嗯！」敬助沉默了一下，「路醬，這是祕密，我啊，常爬上樹，在樹上這是祕密喲。在樹上可以讀書，也可以做功課。絕對不可以對任何人說！」

「我不會說。」路子點頭，「為什麼要像鳥一樣？」

「我只對路醬說呀——就在去年的春天父親和母親吵架吵得厲害，母親說要帶我回自己的娘家。我看不下去了，所以爬上庭院的樹，躲在樹上。他們發現敬助不見了，怎麼找，就是找不著。父親還找到海邊去呢，我從樹上看到的。」

「為什麼吵架？」

「鐵定是父親在外頭有女人。」

「……」

「之後，我經常爬上樹，父親和母親都不知道，所以是祕密。」敬助再次提醒。「路醬，明天把學校的課本帶來，在樹上讀書吧。成績會變好的。庭院的厚皮香樹，葉子多，從底下什麼也看不見。」

二人在樹上的祕密，大概持續了兩年。上邊的樹幹粗大，樹枝擴展，二人容易藏身。路子跨在一根樹枝上，背靠著另一根樹枝。有小鳥飛來的日子，也有風吹樹葉鳴的日子。小戀人們覺得這裡雖然不是很高，卻是在完全離開地上的世界。

太太和偵探

省線電車的車窗有嫩葉的味道。太太抓著吊環哈啾哈啾連續打噴嚏。手腕穿過橘色遮陽傘的繩子抓著吊環，因此袖子當然捲到上膊。像是怕麻煩，於是用一隻手將頭髮攏起，露出剃髮後青青痕跡的頸子，她的後腦勺像是有雙冷笑的眼睛。和服短外褂是深藍底，琉璃色的單純棒狀條紋，像是沒有好好摺疊過。她的身體往有遮陽傘的方向呈「く」字形傾倒，腰骨的角都露到短外褂外面了，讓人很想用拳頭敲那突起的地方不是嗎？

太太手握拳，稍稍拿到鼻子前面擋了一下，打了噴嚏。還加上打哈欠，淺田笑了。太太似乎是想在臥鋪上躺一下，才在五月下午三點搭乘電車的，可能是把電車車窗的嫩葉，誤認為是臥鋪車窗的嫩葉吧。這是五月，太太鬆散一下筋骨，體內卻吹著五月的風。

淺田穿著大學制服，坐在太太對面，遭到太太頸子青眼的冷笑。他知道她是學長安藤的太太，對方似乎不記得自己，再者，如果讓位子，不知對方會說出麼奇怪的話讓他臉紅也說不定。

下一站，太太和淺田正對面坐著。他突然想跟她打招呼，但太太快速轉動的眼睛，似乎什麼也沒看著。現在她把短陽傘拿到膝上，然後又像小孩子扛槍輕放在肩上。接著旁若無人張大嘴打哈欠。太太的嘴唇似乎特別柔軟？圓到讓人驚訝的程度。或者齒列漂亮到想讓人想仔細看她美麗的牙齒。然而，太太依然不在乎，繼續眨眼睛感覺都要發出聲音，連眼珠子都出淚，用眼瞼擦拭之後又繞圈團團轉。

淺田真的想笑。對著完全忘記驚訝和顧慮的太太，正想法子讓她吃驚。因此，他一走出停車場後便緊追著她。

「妳是安藤太太吧？我是淺田。」

「啥？」

「剛剛在電車裡……」

「跟你同一班啊！我沒注意到，失禮了。」

「哪裡，我才失禮。突然想起有一次妳和安藤學長在銀座，我們見過面。」

「是這樣子啊。」

「其實，非常不可思議。太太跟安藤學長的弟弟新吉君長得很像。」

「耶？」

看吧，會感到驚訝吧！淺田發出會心的微笑。

「太太越來越像新吉君呀！」

「我知道安藤有弟弟，可是沒見過，竟會有這樣奇妙的事，你最近見過我小叔嗎？」

「是的，有時候。」

根本是亂說的。他已經三、四年沒見新吉了。

安藤先生書齋的桌上，洋丁香花漂亮到像白孔雀的尾巴。嵌在壁上的書架像是衣櫥門上有藍貝，飄落的紅葉，是不可思議的高級日本品味。庭院盡是紅似火的緋色杜鵑花。

太太還是剛才的裝扮送茶來，把剛才淺田的微笑搶到自己臉頰上。

「淺田先生說啊，我的臉逐漸像新吉小叔啊！」

「你說什麼？」

安藤先生的臉比洋丁香還蒼白。太太若無其事出去了。淺田的額頭上感受到安藤學長視線的刺痛。

下一次拜訪時，安藤先生的書齋桌上只有一朵玫瑰，是黃色的。庭院的杜鵑已腐爛，像惡魔的血。

趁著安藤出去的空檔，太太進來了。

「淺田先生，你說了不得了的事呀！那之後，家裡像是暴風雨之前的寧靜。」

「暴風雨？」

「是的。」

「說暴風雨，其實也很奇怪。」

「你裝迷糊？」

「可是，那是我隨口胡謅的呀！」

「你說謊？」

「說謊？太太在電車裡那種旁若無人的態度，我只是想嚇妳一下……」

「不可以欺騙！因為安藤似乎相信你的話，所以我不能不信吧！我沒見過新吉。對了，上次來在這裡時……」太太指著虞美人花的畫。

「這裡以前掛著父親的肖像畫，你回去之後，安藤馬上把肖像畫取下來。他曾說過，弟弟比我更像老爹。後來掛的風景畫，家的庭園看得到海，花園裡有白色的板凳。看到那張畫，不知怎的我對這庭園有印象，感覺曾經坐過那板凳。會不會是新吉家的庭院呢？這是我的幻想。我想讓你看那張畫。新吉家的庭院有草坪圍起來的花園，不知是什麼花，開滿矮矮的紅色花？——我有這樣的感覺，現在變成虞美人花。這麼一來，我是我，又開始覺得新吉的家開著虞美人花哪！」

「不只他的家，我已經四年沒見新吉了。我胡謅的話搞成這樣，那是綻放在人生倦怠的妄想。要稍微調整一下心情……」

「不！那是新的神祕。」

淺田是新吉的高中朋友。新吉和寄住他家的鄉下親戚的女兒結婚後離開家。那女孩不是哥哥安藤的未婚妻這件事是確定的。此外，還有什麼事呢？淺田不知情。

秋天清澄，淺田的母親神經質地盡是打掃庭院。老衰的蛾的翅膀粉從電燈掉下。正準備把茶間的萩花拿去丟掉時，安藤太太帶著照顧小孩的婦人意外來訪。

安藤太太在他的房間將嬰兒從婦人手中抱過來。嬰兒用白絹包著，睡著了。

「淺田先生請你看這孩子！這是我的孩子，請你看看像不像新吉？」

「妳說什麼？」

他瞪著太太的眼睛看。臉頰有點消瘦，但血色良好，眼尾的肌肉有點粗糙。視線停留在膝上的嬰兒。

「不是看我，是看這個孩子。」

「太太，我已經很久沒見著新吉了……」

「你還裝迷糊……」

「荒唐！」

「暴風雨呀！我和剛出生的嬰兒一起被逐出家，安藤認為我私會新吉，生了新吉的孩子，我沒見過新吉，可是，丈夫說的，我覺得像是真的。這孩子真的像新吉嗎？我愛戀著新吉嗎？」

「斷然不像。妳如果跟新吉住在一起，就有可能會像。」

「常識性的謊言已經夠了！」安藤太太說著，張開著的眼睛突然向他逼近。嬰兒因此醒過來哭了。

「好了好了。」安藤太太搖著嬰兒，突然稀哩嘩啦地掉眼淚。

「媽媽幫你找真正的父親哦，跟媽媽一起去找尋父親……淺田先生！我拜託你了，帶我們去新吉在的地方，拜託，馬上帶我們去！」

他從太太一直線的視線中，想起記憶中某一次的新吉。第一次覺得太太和孩子都像新吉。

秋風的老婆

他目送夫人。飯店走廊和大廳的地板像映照秋天淡雲的鏡子般寂靜，因此，他直接上二樓的房間。但總覺得不好意思，從階梯的腹部書架抽出最右邊的書籍，感覺蟑螂會跟著書籍飛出來似地。翻開的那一頁上寫著「秋風的老婆」，「江戶的狂歌師[10]。吉原大文字屋文樓之姪、加保茶元成之妻。詠過：風想告訴我們秋天到了嗎？七月的信函，以一枚桐葉掉落。因而有此稱呼。又常作和風。好無聊！」

他不太懂裡頭狂歌的意思。旅途一無聊，便會胡亂寄些沒必要的東西。回到二樓的房間，有女性化妝品的味道，化妝桌旁的紙屑筒裡丟著幾小束毛髮。

「咦，掉這麼多頭髮！可憐啊。」他將它撿起來。夫人大概對自己的掉髮也感到驚訝吧，將它用手指捲起瞧瞧，或者把頭髮作成小圈圈。

10 譯註：狂歌是江戶時期流行的一種短歌，內容滑稽、詼諧。

走出陽台。夫人的車在筆直的白色街道上疾駛。他閉上右眼，將頭髮圈貼在左眼上，拿它當眼鏡一樣，瞇著眼睛，追著遠處的車子。這時，感覺夫人的車像金屬製的人造花或玩具。他不知怎麼的高興得像小孩子。然而，頭髮有異味，大概是很久沒洗頭了，是勞苦的味道，他抱著她的頭，心想已經是對冰冷的頭髮會感到吃驚的季節了吧。

他跟夫人的關係只是借房間給她三十分鐘而已。她的丈夫生病了，轉到這家飯店。對自己強韌的精神感到驕傲的他，一直說藉著信念可以征服疾病，夫人卻片刻不離身邊。然而，距離死期只剩二、三天，夫人為了準備後事不得不回到東京的家來。可能是為了錢？或者是麻煩的事吧！因此，夫人把更換的衣物帶到他的房間，在他的房間打扮整齊，然後離開飯店。

由於是這緣故，夫人經常穿著罩衫，面容憂愁的走在飯店走廊。夏與冬，這家豪華飯店西洋人多而熱鬧，像她家庭的樣子，是滲入他胸中的美。的確是「秋風的老婆」。

汽車隱入海角。

「詩密，詩密！」清澈的聲音叫喊著，四、五歲的英國人小孩跑到草坪裡。母親帶著二條狗隨後跟著。那小孩清澄而甜美，讓他覺得天使的畫絕不是作假的。枯萎的草坪底部殘留些許綠意，反而讓人感受到像僧侶不在修道院般的寂靜。狗和小孩跑向松樹林裡。松樹林上應該可以看到如一條藍色彩帶的海，他來之後二年之間松樹枝梢長高了嗎？從那看不見的海，天空迅速陰暗下來，因此，他正準備進入房間時，傳來舞蹈曲子。現在是喝茶的時間。

然而，從窗戶可以看到沒有一個客人去喝茶，大廳已經亮著電燈，但只有飯店的領班和女服務生那樣的女人一組，在那裡跳著華爾滋。粗胖的女人穿著腰際不合適的洋裝，無精打采地跳著。

他離開陽台，躺在床上以肱當枕，睡著了。醒來後，聽到後院落葉的聲音，玻璃門發出聲響，是秋颱的前兆。

「病人怎麼樣了？夫人回來了嗎？」他感到不安，想打電話到櫃台詢問，卻彷彿覺得在秋天深處有雙眼睛盯著自己，遽然反抗性地對夫人產生強烈的愛戀。

向陽

昭和二十四年的秋天，我和某個女孩在海邊的旅店見面。那是戀愛的開始。

女孩突然脖子伸直，抬高和服的袖子遮住臉。

我看到那樣，察覺到自己又露出壞習慣了！那是感到不好意思、難過的臉。

「還是不能看臉？」

「是！不過，也沒關係。」

女孩的聲音柔和，說話怪怪的，所以，我有點放心。

「對不起！」

「沒有，說沒關係就沒關係——沒關係的。」

女孩放下袖子，想勉強接受我的視線。我避開她的眼睛，看海。

我有個習慣，總會直盯著旁邊人的臉看，大部分的人都受不了。我常想要改掉這習慣，但是不看身邊的人就會感到痛苦。而且，每次我出現這習慣時，就感到強烈的自我厭惡。因為我會想到年幼就失去雙親和家庭，到別人家寄養時，我只能看人臉色不是嗎？所以才變成這樣不是嗎？

有一次，我拚命回想，這個習慣是被領養後才有呢？還是在自己家時就有了？然而，沒有鮮明的記憶能說明這件事。

——那時，我不看女孩，眼睛望向海的沙灘，那是沾滿秋日陽光的向陽。這向陽突然喚醒我深埋的古老記憶。

雙親死後，我和眼盲的祖父住在鄉下的家，相依為命將近十年。祖父多年都在同一房間、同樣位置的長火爐前，面向東而坐。有時動動脖子，轉向南方，決不會轉向北方。自從某次我察覺到祖父這個習慣後，我非常在意祖父的脖子只往一邊轉動這件事。有時，坐在祖父前面久久瞪著他的臉，想看他會不會轉向北邊呢？然而，祖父彷彿是每五分鐘向右轉動的電動玩偶，只朝南方轉。因此，我覺得寂寞，也感到發毛。南方是向陽處，我想是因為只有南方即使盲目，也可以微微感受到亮光。

——現在想起這向陽。

我注視著祖父的臉，希望他轉向北邊，對方是盲人，自然是我直瞪著他看的時候多。從這記憶，了解到我是因此養成看人臉色的習慣。我的習慣是還在家時就有的，不是自卑而產生的心靈遺物。我可以安心地憐憫自己的習慣，想到這，我高興到想跳起來。為了女孩滿心希望自己漂亮的時候，更是如此。

女孩又說了：

「我習慣了，不過，有點不好意思呢。」

那聲音聽來是允許對方的視線可以回到自己臉上的意思。從剛才，女孩似乎就想到自己不雅的舉止被看見了。

我看著女孩開朗的臉，女孩有些臉紅了，露出狡猾的眼神。

「我的臉呀，以後每天每晚就越來越不稀奇了，放心吧！」說出幼稚話語。

我笑了！對女孩驟然感到親近。我想帶著女孩和祖父的回憶到海邊的向陽看看。

恐怖的愛

他極度深愛妻子，因此認為妻子年紀輕輕就去世，是自己的愛遭受天譴。此外，對妻子的死沒有其他想法。

妻子死了之後，他遠離一切女性，決定連家裡也不雇用女傭。煮飯、掃地都讓男傭去做。這並不是憎恨妻子之外的女性，而是把所有女人看成死去妻子的緣故，例如覺得女人都發出跟妻子一樣的腥味。而且也認為這是過度寵愛妻子的天譴，已經覺悟非過著沒有女人氣息的生活不可。

然而，他家無論如何都有一個女人存在，就是女兒。當然，她比世上任何女人都像死去的妻子。

女兒開始上女校了。

深夜，女兒房間的燈亮著。他從紙拉門的縫隙偷窺。女兒手裡拿著小剪刀，半跪著低頭許久。翌日，女兒上學後，他悄悄注視著那剪刀的白刃，寒氣讓人顫抖。

深夜，女兒房間的燈亮著。他從紙拉門的縫隙偷窺。女兒收集地板上的白布，抱著走出房間。他聽到水龍頭的水聲。不久，女兒升起火盆的火，用白布蓋上，茫然坐著。然後，哭了出來。停止哭泣後，在白布上剪指甲。取下白布時，指甲似乎掉了，指甲燃燒的臭味讓他快吐出來。

他做夢，夢見死去的妻子，將他看到的祕密告訴女兒。

女兒不看他的臉。他不愛女兒，想到因為愛這個女的，又會有一個男人遭受到各種天譴，不由得打個寒顫。

終於有一晚，女兒拿著短刀對準他的咽喉。他知道此事，卻認命是自己極端愛妻子，因為過度愛一個女人而遭受的天譴，靜靜地閉上眼睛。感受到這是女兒在討伐母親的敵人，引頸以待白刃。

夏與冬

1

盂蘭盆會今天結束，碰上星期日。

丈夫早上到棒球場看市民棒球大會，回來一下用午餐，又出去了。

加代子在想晚餐的菜時，卻突然想起奇妙的事。今天穿的浴衣是娘家附近商店櫥窗人偶穿的。

出去上班，從娘家到電車車站的往返，每天看到的櫥窗擺飾，是玻璃窗中立著一座人偶。

身上穿的東西會依季節不同，但姿勢完全一樣。有郊外商店的感覺。加代子對於一直要維持同樣姿勢的人偶覺得寂寞。

不過，每天看著卻覺得人偶的表情每天都不一樣。過了一陣子，加代子察覺到人偶的表情是那天自身的內心的表情。最後，加代子反過來從人偶的表情判斷那天自己的心情。像早晚占卜看人偶的表情走過。

加代子決定結婚時買了那人偶穿的浴衣。也當紀念。

加代子想起那時節，每日的心情有明有暗。

夕陽照射中，丈夫回來，把浴衣的下面折起，麥桿帽子下的臉赤紅。

「啊，好熱，頭都暈了。」

「汗流好多，趕快去洗澡吧。」

「這樣啊。」

丈夫似乎不是很想洗；加代子給了肥皂和毛巾，往澡堂出去了。

鐵絲網上烤著茄子，加代子心想還好。平常的話，丈夫一下子掀鍋子，不讓蒼蠅進來一下子又蓋上，還到加代子身旁說明烤茄子的方法。加代子不高興，丈夫似乎沒察覺。

丈夫從澡堂回來把肥皂和毛巾一丟，人往房間倒下似地躺下。臉比剛才更紅，似乎有些難過。加代子幫他墊枕頭，才察覺到丈夫的情況。

「頭冰敷一下好嗎？」

「嗯。」

擰了毛巾放在額頭上，把拉門拉向一邊讓通風良好，用廚房使用的大圓扇扇風。

「好了！不要搧得那麼快！」

丈夫雙手放在胸前，皺著眉頭。加代子將圓扇輕輕放下，跑去買冰。準備冰枕。

「冰嗎？會不會太冷？」

丈夫沒有拒絕，任由處置。

不久丈夫到走廊吐。像白色泡沫的液體。加代子拿了一杯鹽水來，丈夫看也沒看，又一骨碌仰臥。

「妳，去吃飯，肚子餓了吧。」

丈夫的臉不紅了，變得蒼白。

「剛剛吐的東西，用水桶的水沖沖吧！」丈夫吩咐之後，呼吸平穩睡著了。

加代子看了一會丈夫的睡相。獨自開始默默吃飯。鍍鋅鐵板屋頂發出滴答雨聲，不久變成稀哩嘩啦的大雨。

「喂！後面有晒著東西不是嗎？」

丈夫被雨聲吵醒了，這麼說。加代子趕緊放下筷子，把晒著的東西收進來。回到房間。

「溫酒瓶剩下的酒，拴上蓋子了嗎？」

沒拴上，丈夫露出不悅的臉，嘆了一口氣，又閉上眼睛。

壞事不單行，蚊子似乎跑進蚊帳裡，加代子癢得醒過來。打開電燈，坐在床上等蚊子靠近；就是不見蚊子的蹤影。拿來圓扇往各個角落搧看看，還是找不著。心想還是暗的好，關掉電燈，過了一會，蚊子停在額頭上，一掌打死了。小心翼翼地不要吵醒丈夫。

既然醒過來了，加代子起床到走廊，輕輕打開玻璃門小縫隙。

應該是月明，卻陰而微暗。

「喂，還不睡啊？早上起不來呀。」

丈夫在床上大吼。

加代子一進入蚊帳。

「妳哭了？」

「沒有啊！」

「哼，哭了倒好不是嗎？」

「為什麼要哭？」

丈夫翻個身背對她。

2

加代子可能是昨晚的牡蠣吃壞了肚子痛，不睡在床上，躺在火爐前，與丈夫相對。想讓丈夫聊聊道子的事，問得有點執拗。丈夫的語調緩而平穩。

「妳會認為道子喜歡我，是因為有一次我問她：道子，妳也到了適婚年齡，喜歡怎樣的男性呢？說看看吧！我記得那是她做蛋包飯給我吃的時候。她沒回答。我說，喂，妳不說可不知道耶。她面對著我，說得很快：像您這樣就行了！我說：像我這樣可以？我喝酒哦！她說：像你這樣喝沒問題。說完就登登登上二樓去了……」

加代子之前也聽說過這件事，很喜歡聽。道子是丈夫的表妹。

現在也因這話題多少減輕腹痛的感覺。

「那你覺得道子怎麼樣呢？」

「沒有怎麼樣。道子不是表妹嗎？」

「被那麼漂亮的人說到那份上也不動心，你真是冷漠。」

「身體不是很好，我沒有意思和她結婚。對沒有意思結婚的女人動心有什麼意義？」

「道子作的蛋包飯怎麼樣？」

「蛋包飯？不要說無聊話。反正我是吃了！」

說不定丈夫緊跟在道子身邊囉嗦蛋包飯的做法，所以道子上了二樓之後，是丈夫做完的也說不定，想到這裡，加代子覺得奇怪。

「要是想買東西，現在快去吧，已經四點了。」丈夫說。

加代子的耳朵突然聽到寒風聲。腹痛。

她想，丈夫明明知道她身體不好，卻還要她在寒風中出去買東西，她覺得不滿。和丈夫談話中露出的笑容，與說到去買東西時的沒精神，難道丈夫分辨不出來嗎？

加代子買東西途中一陣顫抖，在狹窄的巷子蹲下一會兒。

加代子心想就是這麼冷酷，所以無視於道子的愛情拒絕了。這樣的人，對於像道子那樣樸實、但笨拙的愛情表現，甚至會覺得幸福。說不定哪一天丈夫會覺得愛自己的只有道子。依丈夫的個性有這樣的可能。

回到家，丈夫去了澡堂。

加代子一來到廚房，一陣惡寒像流水流竄背部，腹部疼痛。放棄準備晚餐，躺到床上。

丈夫從澡堂回來，問道：

「身體不舒服嗎？」

「放懷爐了嗎？」

加代子搖搖頭。丈夫拿了暖暖的懷爐來。加代子掛念晚餐。

「我沒關係。」丈夫關上拉門，出去了。

隔壁房間傳來茶泡飯的聲音。丈夫以往會拿出材料，讀料理的說明；這次似乎覺得太麻煩了！只傳來一般的茶泡飯聲音。

加代子心想：自己跟相簿上看到的道子相比，似乎沒什麼優點，他似乎只因為身體健康而娶了自己，所以明天能起床吧。不過，在這之中，跟不安定的心相比，喀哩喀哩咬著醃漬蘿蔔的聲音並非沒有安定感。

從夏天開始，丈夫的囉嗦少了一些。

家庭

——這裡說的盲，不當眼睛看不見的意思解釋也可以。

他牽著盲妻的手登上斜坡去看租的房子。

「那是什麼聲音？」

「竹林的風聲。」

「是啊，我太久沒出家門，都已經忘了竹葉的聲音呢——現在的家要上二樓的梯階很窄，剛搬過來時我的腳不好，等到完全熟悉了，你又說走去看新的家。對盲者而言，舊家像是自己的身體連邊邊角角都清楚，所以也像自己的身體一樣親，對明眼人來說是死的家，卻流著盲者的血呀。再者，新家會不會碰到柱子，摔在門檻上？」

他放開妻的手，打開白色的木門。

「呀，像是樹葉茂盛陰暗的庭院，往後冬天會很冷呢。」

「牆壁和窗戶都陰陰的洋館。像是德國人住的，上邊還留著里德曼的門牌。」

然而，一推開入口的門，他像是遇到強烈的亮光，身子往後仰。

「很棒呀！庭院是夜晚，裡頭是白晝。」

黃白色的粗條紋壁紙，像以紅白布幕圍繞慶典場地般華麗。深紅色的窗簾像有色電燈一樣明亮。

「有長椅子、暖爐、椅子型桌子。衣裳架、裝飾燈——家具一應俱全。那些妳看……」

他像是推倒似的，粗魯推妻子坐到長椅上。妻像笨拙的溜冰手游著，藉此力量搖動身體。

「喂，連鋼琴都有。」

她被他硬拉著手、坐在暖爐旁的小座鋼琴，像觸摸可怕東西似地敲鋼琴鍵。

「會響耶！」

於是她彈奏幼時的歌曲，那是少女時期眼睛還看得見時學的歌曲吧。他到有大事務桌的書齋一看，隔壁是寢室，是二人睡的寢室，有用朱色與白色豎條紋粗布包起來的稻草蒲團。他坐上去，彈性很好！妻的鋼琴逐漸輕快活潑。不過，盲者的悲哀，有時會按錯鍵，傳來像小孩子的笑聲。

「喂，快來看大寢室。」

不可思議的——妻在情況不明的家中，像明眼人的女孩般快步走到寢室來。

二人抱肩坐在床上，像裝了發條的人偶一樣身體快樂跳動。妻低聲吹起口哨，忘記時光流逝。

「這是哪裡？」

「這個嘛？」

「說真的是哪裡？」

「總之不是妳的家呢。」

「這樣的地方要是有很多就太好了！」

騎馬服

榮子一抵達倫敦的飯店，關緊窗簾，就往床鋪倒下。閉上眼睛，忘記脫鞋子，腳踝伸出床鋪邊一蹬，鞋子掉落地板上。

從日本往北繞，經過阿拉斯加、丹麥飛過來的飛機，一人之旅不只是累，那疲累，女人人生的疲累，與井口夫婦生活的疲累，似乎都湧上來了。

頻頻聽到小鳥的啼叫。飯店位在荷蘭公園旁的安靜地方，公園的樹叢裡竟有這麼多小鳥，季節比東京晚，五月了，樹木才萌芽、花開、小鳥叫，是倫敦春天。

然而，關上窗戶，看不見外頭，只聽小鳥叫，不覺得是來到遙遠的國度。

「英國的倫敦呀！」即使榮子說給自己聽，也像是還處在日本的高原。小鳥的啼叫，也跟在山上一樣；榮子腦中浮現高原。因為高原有幸福的回憶。

——十二、三歲的榮子跟伯父和堂兄二人，在高原的綠色道路上騎馬奔馳。看到自己小小的身影。榮子被伯父開朗的家收留之後，更了解和父親二人生活的陰暗。騎馬奔馳時，可以完全忘記父親的死。但這樣的幸福並不長久。

「榮子，堂兄妹不可以呀！」被堂姐茂子這麼一說，幸福受到傷害。十四歲的榮子知道茂子簡短話語中的意思。被茂子責備，和堂兄洋助戀愛或結婚是不可以的。榮子喜歡幫洋助剪指甲，挖耳朵，洋助說她很高明而感到高興。做那些事時，榮子忘我的樣子，惹得茂子生氣。之後，榮子和洋助保持距離。榮子跟洋助年紀有些差距，榮子還是少女，根本沒考慮結婚什麼的；不過茂子的話，讓少女的心醒過來了。很久之後，榮子也認為那是初戀。

洋助結婚，家在別處，茂子也結婚離開家，只剩榮子留在家。即使這樣茂子也看不順眼，榮子於是住進女子大學宿舍。依伯父的話結婚了。丈夫失去工作，因此榮子到準備考高中的補習班教英語。這樣繼續了四、五年，榮子跟伯父商量離婚乙事。

「井口漸漸變得跟父親一樣。」榮子發丈夫的牢騷。「父親如果不是那樣，我對井口或許還能忍受。不過一想起父親，總覺得有和無能之人過日子那樣的東西纏著我，讓我坐立不安。」

和井口結婚負有責任的伯父，看到焦慮不安的榮子，就說總之離開日本，到英國二十天或一個月，仔細考慮看看，並給了旅費。

在倫敦飯店，聽小鳥叫聲，想起自己小時候騎馬的姿態，榮子耳鳴。耳鳴變成瀑布的聲音。瀑布的聲音，轟轟聲變高昂，榮子「哇！」想大叫，眼睛張開了。

——榮子在大廈的七樓高級幹部室，拿著父親的信怯怯地進入。跟父親是高中同學的那個人，看到榮子問：「妳，幾歲？」

「十一。」

「嗯，跟妳父親說，不要利用小孩子……孩子很可憐……」那個人露出厭惡的表情，給了錢。

榮子照實轉達給在大廈下面等待的父親。父親舉起手杖腳步搖晃說：

「畜生，瀑布落下來了，我被瀑布打著了。」抬頭看大廈。榮子感覺父親真的像被從七樓窗戶衝下來的瀑布打到了。

榮子拿著父親的信到三、四家公司。那是父親同學在的公司，依順序繞了一遍。母親被父親嫌棄離去了。父親輕微的腦溢血之後，跛腳，柱著拐杖。去瀑布衝下的公司的下一個月，到了另一家公司。

「妳不是一個人來的吧？妳父親躲到那裡去了？」對方說。榮子無意中眼光望向窗戶，對方打開窗戶，往下看，「哇！怎麼了？」

榮子被那聲音誘導，從窗戶往下瞧，父親倒在路上，人群聚集。第二次腦溢血，父親死了。榮子感覺父親像是被從公司高樓窗戶衝下的瀑布殺死了。

榮子在剛抵達的倫敦的飯店，聽到那瀑布的聲音。

星期天，榮子到海德公園，往池邊的板凳坐下，看水鳥。有馬蹄聲，回過頭，看到一對父母和他們的兩個小孩，四人騎馬而來。十歲左右的女孩子，跟大概大二、三歲的男孩子，連那麼小的孩子都穿著正式的騎馬服裝，榮子感到驚訝。完全是小紳士，小淑女的樣子。目送騎馬而去的一家人，榮子心想要在倫敦尋找有賣那種款式騎馬服的店，至少用手摸摸也好。

蚱蜢與鈴蟲

我沿著大學的磚牆走，來到沒有磚牆的高中前，校園裡用白色並列的棍子圍起來的黑色葉櫻下、微暗草叢中傳來蟲聲。緩下腳步傾聽蟲聲，我捨不得蟲聲，不想離開高中的校園，於是轉向右邊，接著轉向左邊，就是種有枸橘的堤防了。轉向左邊的角落，咦，發亮的眼光投向前，我開始小跑步起來。

因為前方堤防邊有可愛的五色提燈亮光成團，像寂寞鄉下的稻荷祭搖曳著。即使不靠近看，也知道是小孩子們在捕捉堤防草叢裡的蟲兒。提燈數目約有二十盞左右。一盞盞提燈不只有紅色、桃色，還有亮著藍綠紫黃等各種顏色，甚至有一盞提燈裡亮著五色光呢。也有像是店裡買的小紅提燈。不過，多數小孩會費盡心思自己手製可愛的四角形提燈。在這寂寞的堤防，二十個小孩聚在這裡搖曳著美麗的提燈，不是一則甜美的童話是什麼？

街上的一個小孩，晚上在這堤防聽到蟲叫聲。第二天晚上買了紅提燈找尋發出叫聲的蟲兒。第三天晚上變成兩個小孩。新來的小孩買不起提燈，割下小紙箱的表面與底面，貼上紙，蠟燭豎在底部，頭綁著繩子。小孩變成五人、七人。割下紙箱，為了採光，貼紙畫上顏色畫。於是有智慧的小美術家們，在紙箱上切割出圓形、菱形和樹葉形狀，小小的亮窗一個個妝點出不同色彩，還有利用圓形、菱形、紅色、綠色，作成完整的裝飾模樣。買了紅提燈的小孩也把在店裡買的，沒有特色的提燈雕砌了，拿著自製提燈的小孩也捨棄過於簡單的提燈，昨夜拿的光的模樣，翌日就不喜歡了，白天面對紙箱、畫筆、紙、剪刀與糨糊，每天一心一意創作新提燈，這是我的提燈，最珍奇最漂亮，夜晚出發去捉蟲兒。因此才有我眼前的二十個小孩與美麗的提燈不是嗎？

我張大眼睛佇立著。四角的提燈不只被切割成古代圖樣或花形狀，還被切割出「Yosihiko」或「Ayako」的製作者假名名字。這跟在紅提燈上畫畫不同，由於是從厚紙箱切割下來，貼上紙，只有圖樣變成窗，蠟燭的光依圖樣的色彩和形狀映出來。這樣的二十盞燈照射著草叢，小孩子們蹲在堤防專心尋找蟲聲。

「有人要蚱蜢嗎？蚱蜢。」有一個男孩距離其他小孩約四、五百公尺看著草叢，站起身子突然說。

「給我，給我！」

六、七個小孩馬上趕過去，在找到蟲的小孩背後重疊似地擠成一團注視著草叢。站立著的男孩撥開趕過來的小孩子們伸出的手，以保護蟲的姿勢張開雙臂，揮動右手的提燈，又對距離四、五百公尺另一方的小孩叫喊。

「有沒有人要蚱蜢的？蚱蜢。」

「給我，給我！」

四、五個小孩跑過來。好像蚱蜢是很珍貴的蟲捕捉不到似的。男孩第三次叫喊。

「有沒有人要蚱蜢的？」

又有二、三個靠過來。

「給我，給我！」

新過來的女孩在找到蟲子的男孩背後說。男孩微微回過頭來馬上彎下身子，換左手拿提燈，右手伸入草叢裡。

「是蚱蜢呀。」

「好啦，給我。」

男孩馬上站起來，握著的拳頭伸到女孩面前，做出「給妳」的動作。女孩把左手的提燈繩子纏在手腕上，雙手包住男孩的拳頭。男孩輕輕打開拳頭。蟲在女孩的大拇指與食指之間移動。

「哎呀，是鈴蟲，不是蚱蜢。」女孩看著褐色小蟲眼睛發亮。

「是鈴蟲，是鈴蟲！」

小孩子們一起發出羨慕的聲音。

「是鈴蟲，是鈴蟲！」

女孩明亮智慧的眼睛看了給蟲的男孩一眼之後，解下掛在腰間的小蟲籠，把蟲子放進去。

「是鈴蟲呀。」

「耶，是鈴蟲。」捕捉到鈴蟲的男孩小聲說，提著自己五色的美麗提燈，把亮光給了蟲籠提到臉旁專心注視的女孩，同時幾次瞄女孩的臉。

我懂了！有點憎恨男孩的同時，才看出男孩剛才做的動作，對於自己的愚蠢嘆氣。還有，啊！我吃驚。看！女孩的胸前，這是給蟲的男孩，還有拿了蟲子的女孩，兩個小孩自己也沒有察覺到的。

女孩胸前映著的綠色微光可以清楚看出是「不二夫」不是嗎？拿在女子抬高的蟲籠旁邊的男孩提燈的亮光圖樣，由於提燈很靠近女孩白色浴衣，男孩的名字挖空的地方貼著綠色形狀和顏色，直接映在女孩胸上。轉而看女孩的提燈，掛在左手腕晃來晃去，因此雖然不如「不二夫」那麼明亮，但是看男孩腰部附近搖晃的紅光，可以看出是「清子」兩字。這綠光與紅光的嬉戲——是嬉戲吧，不二夫和清子都不知道。

不二夫給鈴蟲、清子接受鈴蟲的事，即使永遠都記得，但不二夫自己的名字用綠光寫在清子胸部、清子的名字以紅光寫在自己的腰部、清子自己的胸部以綠光映著不二夫的名字、不二夫的腰間用紅光標記自己的名字乙事，做夢也沒想到當然不可能有回憶。

不二夫少年呀，即使你青年之日來臨，對女人說「是蚱蜢」，而給了鈴蟲，看到女人「哎呀」的喜悅，要發出會心的微笑；而說「是鈴蟲」，卻給了蚱蜢，看到女人「哎呀」的悲傷也要發出會心的微笑！

再者，縱使你有著離開其他小孩到一旁草叢找尋蟲子的智慧，對了對了，當然不可能有鈴蟲。你捕捉到像蚱蜢的女孩，也要把她當成鈴蟲吧！

最後，由於你的內疚，連真正的鈴蟲都看作蚱蜢，到了只有滿是蚱蜢的日子來臨，今宵美麗的提燈綠光在少女胸前描繪的嬉戲，連你自己都想不起來，我覺得可惜。

月亮

童貞——這傢伙像是頂麻煩的東西，是毫不惋惜的東西，走在陰暗的小巷裡或橋上時，往垃圾箱或大河裡一扔也就沒事了；然而，來到燈光燦爛的石子路，很難找到可以扔的地方不是嗎？再者，女人稀奇似地看著那行李裡面到底裝著什麼東西，就有點臉紅不是嗎？還有提著這麼沉重的心情到這裡來，也不想扔給路邊的狗不是嗎？可是，像這陣子被許多女人愛戀著來看，吃著雪塊穿著高木屐的不自由感更是不間斷。他想：光著腳在雪地上奔跑的話，心情會變輕鬆吧！

有個女人站在他枕邊；突然雙膝跪下，往他臉上撲上去，吸他的味道。

又有另一個女人，倚著二樓走廊的欄杆時，做出要掉落的動作，碰到他的肩膀時，他不由得抱住她；然而當他的手一放開，她又一次做出要掉下的姿勢，弓著身體，等著注視自己胸部的他。

又有一女人，在澡堂幫他沖洗背部之間，抓著他肩膀的一隻手開始顫抖。

又有一女人，從跟他坐著的冬天客廳突然衝到庭院，仰臥在亭子的長椅子弓起身子，用雙肘緊緊抱住自己的頭。

又有一女人，他開玩笑地從後面抱住她，她就不動彈了。

又有一女人，在床上裝睡時，他一握住她的手，嘴唇閉得緊緊的，身體僵硬弓起來。

又有一女人，深夜趁他不在時，拿縫製的衣物進入他房間，像石頭一樣坐著，他一回來，連耳朵都紅了，說是借電燈來著。奇妙的謊言，嘶啞的聲音卡在喉嚨裡。

又有一女人，在他面前一直啜泣。

更多年輕的女人，跟他說話之間，話題逐漸落到自己感傷的身世，之後一語不發，連站起來的力量也沒有，一直坐著。

——經常，像那時候到來時，他常覺得無趣而靜默。否則，一定說：

「除非想一起生活的女人，否則我不接受她的感情。」

他二十五歲時，這樣的女人越來越多。而其結果是，包圍他童貞的牆壁被塗得越來越厚。

然而，有一女人說看到他之外的人臉都討厭。茫然過日子。他想如果不餵養她，這個女人會餓死。於是，沒有一起生活，不接受感情，而不得不養的女人數目逐漸增加。

他笑了：

「這麼一來，只有些許財產的自己不久就會破產吧！」

那時他大概依然提著童貞這一件行李，出去行乞吧！雖是寒傖的裝扮，跨上只有接受而沒有給予的豐富感情之驢到遙遠的國度。

——他玩著這樣的幻想，胸裡內在的感情膨脹。可是，這世上大概找不到想一起生活的女人。

他仰望天空，滿月！朗朗明月，月亮像是孤獨一人在天空中。他雙手伸向月亮。

「啊，月亮！我把感情給你吧。」

後台的乳房

嘴唇四周常看來都像擦了什麼東西，多麼像貪吃的P的嘴形，夏天讓人覺得天真無邪；但是，或許是這陣子秋深的關係，總讓人感覺像是P心的骯髒。

「稍微打扮一下呀！好像保母的裝扮，要是走在外頭，喜歡妳漂亮舞台姿態的忠實觀眾，會逃掉的。」A直瞪著P說。

「嗯！」P突然拿起A鏡台上的茶杯送到嘴邊。

「牛奶？可以喝嗎？」

卻蹙著眉，吐出舌頭。

「怎麼水水的？」

「這是我的奶呀！妳知道是我的奶不是嗎？」

「哦？這是人的奶？」

「妳裝傻呀！」

「我沒喝過人的奶呀！」P把剩下的奶倒在手掌上，看了一陣子。

「聽說用奶洗臉很好，讓自己漂亮一點。」開始往有點疹子的臉塗塗抹抹。

A感到無可言喻的憎恨感。

「常幫忙照看孩子我很感謝，不過請不要抱到觀眾席或外頭。要是讓人知道輕歌舞劇的舞女在後台哺乳，一切就幻滅了！即使不排演時，我也都留在後台，一直到公園路上沒人的時候！這是因為我不想帶孩子回去時被人瞧見！」

「這樣子啊。我好喜歡看姐姐餵奶！從今天起，每天晚上我幫妳揹小孩回家。」

「小孩在哪裡呢？」

「在男演員房間玩著呢，我去帶回來。」

全身化妝赤裸的A取下奶罩，用濕的紗布擦拭乳房的白粉，等待P回來。P手肘撐著下巴看著A餵奶。A為了對P掩飾沒有化妝的乳房。

「變冷了呀！」

「是嗎？」

「舞台上有時感到乳房痛呀！可能是受寒了吧！」A說著，想起P跟自己回到像跟男子同住的A的家。

「我裸體也可以嗎？」馬上同在後台一樣脫光衣服。對在舞台上彷彿被這小姑娘威脅的自己生氣。

「像P那樣才是真正的爵士舞舞孃，不知秋、冬季的小孩子！」

月下美人

月下美人[11]花開的夜晚，每到夏天，小宮就會一個夏天招待妻子的校友一次，已經連續三年。

最早來的是村山夫人，一進客廳。

「哇，好漂亮！哇，開這麼多？比去年……」停下腳步，欣賞月下美人。「去年是七朵吧？今晚會開幾朵呢？」

在木造舊式洋館的寬廣客廳中，桌子被挪到角落，正中央擺上圓形台，月下美人的盆栽就放在上面，盆栽雖比夫人的膝蓋低，但月下美人長高到需要稍抬頭的高度。

「夢幻國度的花，像白色夢幻花呀。」夫人說的話跟去年夏天相同。第一次看到這花、前年、同樣的話、更感動的聲音……

11 譯註：中文名為曇花。

夫人靠近月下美人，又看了一會後，到小宮面前來，謝謝他招待。對小宮旁邊的女子說：

「年子，今晚，謝謝妳。長大了，變可愛了……像月下美人開的花朵是去年的倍數，年子也一樣哪呢。」

女子看著夫人的臉，沒說話。既不是害羞，也沒有微笑。

「花了很大的功夫吧。」夫人轉向小宮，「讓它開這麼多花……」

「今晚大概是今年花開最多的時候吧！」因此才趕緊請各位來，小宮大概是想這麼說的吧；然而，聲音並不興奮。

村山夫人最早到來，不只是因為住在鵠沼海岸，離葉山這裡較近的緣故。而是小宮先打電話給村山夫人「今晚」，夫人馬上邀請東京的朋友。夫人把電話中的回應，再通知給小宮。五位夫人之中，有二人不方便，一人要等丈夫回來，現在無法決定。只有今里夫人與大森夫人可以來。

「三個人？今年人數減少了。大森夫人說，可以邀島木桑看看呀？島木是第一次，我們這一班還沒有結婚的，大概只剩島木吧……」村山夫人說。

年子從椅子上站起來，經過月下美人前面，像要走出去。

「年子。」夫人叫住她，「一起看花吧！」

「看過了。」

「看過綻放時的花？跟父親二人……年子，月下美人的花，是怎樣開的？」

女子連頭也沒回向夫人，走了。

月下美人開花像清風搖曳、像蓮花綻放。夫人想起前年小宮說的話。

「年子不喜歡見母親的朋友嗎？還是不想聽有關媽媽的話題？」夫人說。「我還是希望幸子在這裡，一起看這花呀！要是幸子在話，小宮先生或許不會栽種月下美人之類的花吧……」

「……」

前年夏夜，村山夫人到小宮住處，希望離婚的妻子能夠讓她回來看月下美人的花。接著邀請幸子的朋友又一次來看花，求小宮寬恕。

有車子的聲音，是今里夫人到了。已過了九點半。月下美人進入晚間開始綻放，二點或三點時凋謝，是一夜之花。大森夫人帶著島木住子慢了二十分鐘來了。村山夫人向小宮介紹住子。

「年輕得讓人羨慕，太漂亮了，不結婚嗎？」

「因為身體不好呀。」住子說著，看到月下美人時眼睛都發亮。只有住子是第一次看到這花的。住子蹲在月下美人前，緩緩繞著，看得入神，還把臉貼近花。

從較長的葉子尖端長出粗大花莖，綻放出純白色的大花朵，在敞開吹窗戶進來的微風中，輕輕搖曳。不像花瓣細長的白菊或白色大理花，是不可思議的花。像漂浮在夢幻的花。三根莖被竹子支撐著，上頭濃綠的葉子茂盛，那裡開的花較多。它屬於仙人掌科，從葉子長出葉子。雌蕊長。

住子看花看得入神，連小宮站起來走過去，也未察覺。

「月下美人現在在日本也有許多人開始栽培，不過，一晚開十三朵的還很少吧。」小宮說。「我家的一年開六、七次，今晚開得最多。」

小宮接著指著像百合大小的花苞說，這個明天晚上開。指著其中幾處，說這有葉子的、像小紅豆的，這是葉子、這是花苞。像這樣的花苞到綻放，要等一個月。

甜甜的花香味包圍住子。比百合的味道甜，但不是像百合那麼強烈。

住子即使坐到椅子上，眼光仍然離不開月下美人。

「咦，鋼琴聲……哪一位彈的呢？」

「小孩。」小宮回答。

「好美的曲子，叫什麼？」

「這個嘛……」

大森夫人說，給月下美人最好的伴奏。住子抬頭看向天花板後，走到庭院的草坪。下面就是大海。

住子回到客廳說。

「是小小姐在彈呢。在二樓的露臺……她不是面向大海，而是背向大海在彈。那樣比較好嗎？」

鋸子與生產

不知何故，總之我知道那裡是義大利。山丘上搭著像粗豎條紋傘的帳篷，上面的旗子在五月潮風中翻飛。綠色森林下是藍色大海（像伊豆山溫泉的海岸）——帳篷裡有像自助電話的建築物。那建築物感覺像是汽船的售票處或海關的辦公室；其實，我剛從那窗口接過龐大金額的匯票。用黃色紙板包著，拿來敲左手掌，乓乓響。可以感覺到裡頭有匯票。旁邊站著穿黑色普通洋裝的她，我看著她想上前搭訕。儘管知道她是日本人，也可能完全不會義大利語。

接下怎怎麼樣呢？舞台轉換成我故鄉的農村。

大門很有氣派的百姓家庭院，聚集大約十個看熱鬧的人。大家都是故鄉的熟人，然而，我醒來後完全不記得誰跟誰。總之，因為某種理由我非和她決鬥不可。

到戰場之前我想小便。有人看著，手搭在和服上不方便。突然回過頭，庭院正中央我已經揮著白刃和她打在一起。儘管是夢中我也不免大吃一驚。

「自己的幻影、自己的分身、看到自己雙重人格者會死。」

第二個我感覺快要被她殺了。她的武器是鋸子形狀，像拉大鋸筏木的寬闊鋸子的刀。不知何時我忘記小便這回事，和第二個我合而為一跟她廝殺。每次被她像漂亮裝飾品的武器砍到時，我的劍砍入她的刀刃。不久她的鋸型劍，刀刃出現凹凸的刻痕，成了真正的鋸子。腦海浮現這樣的話：

「這就是鋸子的齒呀。」

也就是說這次決鬥的結果發明了鋸子，實在可笑！雖說是決鬥，但我很放心地以看電影的心情跟她格鬥。

最後我在庭院的正中央頓然坐下，用兩腳底緊緊夾住她的鋸子，戲弄抽拉都動彈不得的她。

「我剛生產身體衰弱呀。」

果真如此。她的下腹部垂掛好多皺紋。

我在切開岩石建造的沿海道路上跑了起來（像紀伊的湯崎溫泉的海濱）。感覺跑著的我是想去看她生的嬰兒。在岬鼻的巖窟之中，剛生下的嬰兒睡著。海潮的味道像綠色的燈火。她美美地微笑著說：

「生小孩沒什麼了不起的！」

我很高興抓著她的肩膀說：

「趕快說吧，趕快讓她知道吧！」

「我來通知，通知她生小孩沒什麼了不起。」

這次她也變成雙重人格。在那裡的她說，要通知在某處的她。

我醒過來了——我已經五年沒見她了，更不知她的行蹤。生小孩什麼的幻想為何掠過我的腦海。而這個夢很清楚的暗示我跟她有著什麼關係，我在床上回味著殘留腦中，那個清爽而喜悅的夢。她在哪裡生下誰的孩子呢？

秋雨

紅葉山，如火下降般夢幻；我眼睛深處看到的。

說是山，其實稱河谷更適當。河谷深，山坡迫近溪流兩岸聳立。如果不仰望正上方，就看不見山上的天空。天空雖然還是藍色，卻已帶夕日將至的顏色。

溪流的白色石頭也帶有同樣景致的色彩。那是從高處包圍著我，滲入身體的紅葉的靜穆，很快讓人感受到傍晚？溪流的水是深藍色，紅葉沒有倒映在深藍的河水中，我的眼睛正感到懷疑時，紅葉像火般，降落在深藍色的水上。

不是火雨或火屑掉落，一個個小小的火，掉落在深藍水面上消失了。紅葉掉落山間時，不像火的顏色。那麼山上呢？抬頭仰望，天空裡小小的火群已意外的快速掉落。是因為火群移動？雙方的山頂看來像是河岸，狹窄的天空像河川，水流著。

這是在往京都的快車中，到了晚上我正要打瞌睡時的幻覺。

十五、六年前因膽結石住院時，在我記憶裡留下的兩個女孩子之一，我為了見住在京都的飯店的她而去。

其中一人，是嬰兒，天生沒有運送膽汁的膽管，這樣的小孩大約只能活一年，因此接受手術裝進人工管，把肝臟和膽囊連接起來。母親抱著那孩子站在走廊，我靠近看著嬰兒說：

「還好吧！好可愛的小嬰兒。」

「謝謝！今天或明天就不行了，等著家人來接她。」母親平靜地回答。

嬰兒睡得安詳，山茶花模樣的和服胸部，可能是手術後的繃帶，微微鼓起。

我對母親說著愚蠢的慰問話，在入院患者之間是可以理解的疏忽。外科醫院，來了很多要做心臟手術的小孩，手術前有在走廊高興走著的，也有搭電梯上上下下玩著的，我也忍不住跟那些孩子們說起話來。是從五歲到七、八歲的小孩。心臟天生有障礙的小孩，其治療手術以幼時為佳，如果放置不管，很可能夭折。

現在那女子正值青春年華，我到京都去看她。夢中，在拍打列車玻璃窗的雨聲裡，我張開眼睛。幻覺消失了。盡管打瞌睡也知道雨落在窗上，不久雨變大打在窗上發出聲音。落在窗上的雨滴，保持雨滴形狀在玻璃窗上斜斜流下，從玻璃的這端流到那端。流動中，會有短暫的停止又移動，停止又移動。我覺得它是有規律的。雨滴群，後面的趕過前面，上面的掉到比下方的更下面，彼此交叉的線描繪出流動的韻律，我從中聽到音樂。

火落在紅葉山的夢幻，寂靜無聲；然而，我覺得是那打在玻璃窗流動雨滴群的音樂，變成那火降下的夢幻。

後天，在京都的飯店大廳，舉辦正月和服展示會，我應和服店之邀而來，模特兒中有一位名叫別府律子。我忘不了她的名字。但是不知道她當了模特兒。比起京都的紅葉，我更想見她。

第二天還是下雨，午後，我在四樓的大廳看電視。這裡像是宴會場的休息室，二、三組婚宴的客人擠在這裡，也有穿著禮服的新娘走過。稍回頭看，順序早的新郎新娘來到會場，在我的後面拍紀念照。

和服店的主人跟我打招呼，我問別府律子來了嗎？主人以眼光指著。站在陰雨朦朧的窗前，以嚴肅眼光看著新娘新郎拍紀念攝影的是律子，嘴唇緊閉。還活著，長高了，變成漂亮的女孩了，她還記得我嗎？還想得起我嗎？我想跟她打招呼，卻猶豫了。

「她啊，明天在這會場要穿新娘衣裳……」和服店老闆在我耳邊細聲說。

秋雷

從海邊回來的女孩們，像栗毛的駿馬走在街上的秋初、飯店的一室裡，響著舊式笙篳篥樂音慶祝我們的婚禮，突然閃電往玻璃窗閃過，像要敲破這場婚禮似的雷鳴。十七歲的新娘臉色蒼白，閉上眼睛像被打濕的旗子倒下了。

「窗戶，窗簾！」典禮一完成，新娘的父親說。

「這孩子害怕雷或許是從前的習俗作祟。」開始說起丹波的孝子傳：

丹波國天田郡土師村蘆田七左衛門是，受到領主特別免除年貢表彰的孝子，然而，他的母親害怕雷聲怕到即使聽到大鼓聲也會暈過去的程度。因此，雷聲一轟隆轟隆響起，七左衛門不管在哪裡做什麼都馬上跑回家。夏天，也不到隔壁村子。不只是這樣，母親死後，一聽到雷聲馬上趕到墓地，抱緊母親的墓碑。

某一天暴風雨的夜晚，可憐呀，覆蓋在母親石塔的七左衛門被雷打死了。翌日早上，萬里晴空，村民想要把緊抱墓碑的七左衛門的手腕拉開，竟折斷了。焦黑的屍骸，成了哪裡都稀哩嘩啦散落成灰的人偶。要把孝順的七左衛門從母親的墓碑上移開是錯誤的。一個老太婆撿起掉落的一根手指，拜了拜後放進袖兜。

「讓我家不孝的兒子喝。」村民爭先恐後撿拾屍骸的殘片。

「那灰呀，我家世世代代祖先也像寶貝一樣傳著呢。我年幼時母親也讓我喝了。因此我和這孩子都怕雷？」

「這孩子也……」我模仿新娘的父親，也把新娘稱為孩子。

「也讓這孩子喝灰嗎？」

「沒有，其實我忘記了——不過，如果親家公說要讓她喝的話，我馬上用小包寄過去。」

郊外的新居——我們到達全新的家，四隻蟋蟀從還覆蓋著白色布尚未取下的新娘的衣櫥，蹦蹦地跳出來。然而，在初夏的明亮、新娘像紫丁花束——巨雷的腳步聲，好像夏天要自殺似的，我抱起害怕的年幼新娘；從女人的肌膚上，首先感受到的是女人的母性部分。其次，誰說，我就不會這樣，抱著這柔軟溫暖的墓碑，變成焦黑的屍骸呢？閃電閃過，想把這新婚的床弄成死亡之床的雷，在屋頂上。

「窗簾，窗簾！」

海帶芽

夜晚來得快的醫院，九點半就靜悄悄的。連藥的味道都已經是春天了，很清楚現在是夜晚。今天是夜班，所以白天外出。想起電車中發生的事就想笑，一個人也覺得懶懶的。

電車上，有人膝蓋上放著紙袋，袋上寫著各中學帽子的商標；也有母子一起上來，媽媽進入裡面坐下，戴著新帽子的男孩靦腆地站在車長旁邊。

專心揉開絹絲球的女人。紅線和看來像淡水色，也像灰色的線纏在一起，成了一球線團。她兩手指輕輕揉開，找到線頭拉出來，把捲在左手小拇指的舊明信片當絲捲，將線捲起。紅線捲在小拇指的根部，水色捲在小拇指尖端。揉開捲起，捲起揉開，動作相當熟練且靈巧，糾纏在一起看來難以解開的線團，都高明的被解開了，所以看來並不艱難。有時線團滾到膝蓋，也有捲的絲短了，線團掉下來的時候。然而，女人還是很專心繼續著，線與指尖合而為一，新鮮靈動。

女人為了便於向前傾，兩腳自然向前伸出；而我不知不覺也做出跟她一樣的姿勢，舒適地看著這情境。

現在毛線缺乏，所以連毛線屑都拿出來了？如果是以前，織東西會把毛線球放在膝上吧？不，這個女人從戰前無疑就是這樣的人。她的兩眼往下注視，眼尾稍微上翹，看來是精神繃緊的面容；下車時，匆匆把絲屑弄圓放進袖口，看來有點疲累的站起來，是普通的女人，超過四十好幾了。

想起醫院的夜班時間，像是讓我看到女人幸福的、那時的心動，我到底怎麼了？感到奇怪，不過，還是很快樂。我從容提筆給老家寫信。

「對不起，有食道異物的患者。請打開X光室。技師已經叫了。」耳鼻喉科的護士進來有點衝地說。

「好。」

「拜託了！」這次聲音剛落下，靠近一步，便很自然地站到一旁。

我拿了鑰匙下去，走廊的電燈真的陰暗。

一打開X光室重重的門，機械從黑暗中詭異的浮上來。我用手摸索打開電燈。馬上聽到腳步聲，X光技師、醫師、抱著三歲左右男孩的護士、患者看來是這個小孩。小孩的雙親也跟著進來。

「要透視和照片子，麻煩你了。」醫師對技師說。

我跟在技師後面進入房間，從技師旁邊穿過，拉上黑幕，準備妥當。

技師邊調整儀表。

「吞了什麼東西？」

「聽說是棋石。」醫師回答。

「棋石，耶？」技師稍回頭，想確認年紀似地嘟囔著。

「我以為是菓子呢。」

沒有人笑，因此，媽媽慌張了。

「不，不是那麼一回事。棋石，每天，哪！都在孩子……在孩子旁邊怎麼會不知道？你這個父親呀。」

父親表情嚴肅沒作聲。

小孩蠻不在乎，護士作勢要脫他衣服。

「沒吞，沒吞，我沒吞！」伸出雙手要往媽媽那邊游過去；最終讓他裸體坐到透視台上。

「嗨。」在暗號下，室內漆黑。發出滋滋滋的聲音，螢光版上映出可愛的骨頭。護士從兩邊按住，男孩的身體被壓在冷冷的板上哭泣掙扎。醫師瞄著螢光版調整光圈。

「哦。」發出聲音。護士們被吸引過去也去瞧。

棋石卡在食道。

當場照一張照片，馬上進入手術室。施予麻醉，在強度照明的房間裡，男孩的裸體肉肉的好可愛，感覺手一碰就會被吸住似地。

戴著額帶鏡的醫師，看到如手般細長的器具嘟囔著。

「小小的嘴巴。」撐開男孩的嘴巴。

醫師把器具伸進咽喉深處探觸，但棋石老是取不出來。護士們注視著醫師的手，二次、三次，都感到緊張。

「還是不行呀。」醫師重新拿好器具再試看看，還是拿不出來。

「嗨，乾脆去醫局拿一顆棋石來，比較快。變魔術好了。」當班的年輕醫師開玩笑說著，深深嘆口氣。

「變吃飯的魔術好了？」年長的護士有點不悅的聲音說。

「那請別的醫師來取。」輕鬆應對，護士們因此臉上都浮現淺笑。焦急了！

醫師又拿起器具，說著：

「難搞的石頭呀。」護士們也聚精會神，大家不知不覺中都張開了嘴。砰地，一顆棋石出現她們面前。

「就是這個！」

醫師丟下器具，用紗布將它包起來。護士們手離開男孩，讚嘆似地看著這顆滑滑髒髒的棋石。

「哎呀。」

「這個。」

「小男孩醒了！」醫師說。

「是，是！」耳鼻科的護士興沖沖地。

「么、一、休」想抱起來。

「等等，讓我抱一下。」醫師從旁邊伸出手來。

「哎呀，好狡猾，你心情好了。」

男孩被嚇著了，一被抱就哭泣。

「好了好了，結束了。」男孩搖搖晃晃才開始走路，聽到報告的媽媽趕過來，男孩頓時向媽媽伸出手。

「謝謝，沒出什麼事。哎呀，太好了，痛嗎？不痛吧。」

「就是這個。」醫生給孩子的父親看棋石，父親伸出手指。

「哦。」醫師像是忘了遞給他，父親邊看邊說：

「果然是、春宵一石[12]值千金呀！」

「這個幫忙洗一洗。」醫師吩咐護士。

「不用了，就這樣子。哇，黑黑的，不過，怎麼說，或許還是黑黑的好。白石滑滑的不容易拿起來吧！」

醫師似乎有點不高興。

「這麼說，爸爸是持黑子啦？」

「誤診誤診，這是比賽中被吃掉的死棋，是對方的棋子。」

「是這樣子？」醫師苦笑。

12 譯註：日文「石」與「刻」唸法相同。

爸爸拿棋石給小孩看。

「孩子，好危險，這樣的東西不要再去碰。」一臉正經地說。父親跟客人專心下棋，這位連小孩吞下棋子都不知道的父親才更危險，風采照人的父親變得奇怪。

回去的走廊下，護士們不知怎的高高興興的。

我回到輪值室，準備繼續寫未完的信，閉上眼睛，讓心平靜。

「海濱呀，漲潮了！」聽到像是小孩的父親說的，看到故鄉的海濱。晒海帶芽的季節也近了。

穿過芋田的後院，一打開高竹籬的小門，就是深藍色的大海。黎明前的乳色沙灘。走出小門，腳踩下會深深陷入的沙丘。避免踏到海濱牽牛花[13]。毛巾纏在頭上，回到小屋拿出草蓆，捲著打開。

連竹針梳都準備了，坐在想坐的地方，和海濱的人交談，等待最早去收割的船隻回來。

13 譯註：日文「濱晝顏」，中文名「旋花」、「海鈴」等。

船一抵達海灘，各自拿著籠子站起來走過去。今天茶色滑滑而厚的海帶芽滿籠子。一株株取出用大拇指的指甲從根部切斷攤開。

晒海帶芽時節，今年想去看看，不過，在那之前要去野戰部隊。

故鄉的報紙報導：新海帶芽的慰問品很受故鄉部隊歡迎。

要是去戰地，要讓家裡寄故鄉的海帶芽來，做好吃的鄉土料理給傷病的士兵，聊聊日本海岸的春天話題。今天也是好日子。

不死

老人和年輕女孩走在一起。

這二人有著種種奇妙的地方。似乎都不覺得彼此年齡相差六十，像戀人一般走在一起。女孩穿紫色與白色劍翎圖案的花紋布和服，帶胭脂色的紫色裙子，袖子稍長。老人穿著像鋤草女人的衣物，沒有戴手背套沒有打綁腿。木棉的筒袖和褲子，看來很像女人，腰部附近，顯得臃腫。

二人在草上坪走了一下，前面有鐵絲網豎著，再向前走就會碰到，戀人們似乎沒看到鐵絲網。二人沒有停止，休地穿過鐵絲網，像微風一般……

穿過之後女孩才察覺到似地？

「耶？」懷疑似地看老人。「新太郎先生也能穿過鐵絲網？」

老人聽不到。

可是老人抓著鐵絲網的網眼。

「這傢伙，這傢伙！」邊搖邊說。腕力使用過大一推，大鐵絲網向前移動，老人踉蹌，抓著鐵絲網向前傾倒。

「危險呀！新太郎先生，怎麼了？」女孩抱住老人胸前。

「手從鐵絲網上鬆開了，所以才傾倒。」老人終於站起來。痛苦地喘息。

「啊，謝謝。」老人抓住鐵絲網的網目。不過，這次一隻手輕輕地……接著發出震耳欲聾的聲音，「十七年的漫長歲月裡。我每天被迫在這鐵絲網裡撿球。」

「十七年是長呢？還是短呢？」

「球任意打過來，碰到網的聲音。不習慣之前，會嚇得縮脖子。因為那聲音，我耳朵聾了。」

在高爾夫練習場，撿球員有保護身體的鐵絲網，下面附著輪子，可以前後左右移動。球場和旁邊的練習場以樹木隔開。本來是廣闊的雜樹林，砍成不規則的並列樹。

二人離開鐵絲網走著。

「好懷念，聽得到海的聲音。」女孩想讓老人聽到這句話，嘴巴靠近老人耳邊。「聽得到懷念的聲音。」

「什麼……？」老人閉著眼睛。「美佐子甜美的呼吸，跟以前一樣。」

「懷念的海的聲音，聽不到嗎？」

「海、海……懷念的……？自己投身而死的海，為什麼懷念？」

「好懷念呀！我暌違五十五年回到故鄉，新太郎已經回來了。好懷念呀！」老人已經聽不到了。

「我投身大海是對的，可以像跳下去時那樣一直想著新太郎……記憶和追憶也只到十八歲。對我來說新太郎永遠是年輕的。所以，新太郎自己也是那樣，如果不是十八歲時投海自殺，現在到故鄉來相會，我不就是老太婆了嗎？不要，我不想見哪！」

老人像聾子的自言自語：「我到東京來，失敗了，老衰之餘，回到故鄉。懷念從前與我分開的事物，要女孩投身的海上高爾夫球場雇用我。我哭泣請求，最後同情我……」

「二人走著的這一帶，是新太郎家的山林吧。」

「我只有在練習場撿球。彎著腰，腰疼痛……有一個女孩為我而投海自殺，就在那岩石的斷崖旁邊，雖然步履蹣跚，卻跳下去。」

「討厭哪，如果我活得好好的……。新太郎要是死了，那麼這世上像新太郎那樣想起美佐子的人，連一個也沒有了！我不就真正死了嗎？」女孩纏著老人說，老人聽不到。

然而，老人抱住纏著的女孩。

「對了，這次，一起死吧，妳是來接我的哪！」

「一起……？那活著，活著，新太郎是為了我……」女孩靠在肩膀的頭抬起來，聲音興奮。

「看！那大樹還在呢，三棵都是老樣子。好懷念呀。」

女孩手指著，老人眼光投向三棵大樹。

「高爾夫的客人們害怕那大樹，說要砍掉。說打出去的球像被那大樹的魔力吸住，會往右邊彎過去。」

「那是我們的祖先、幾百年來代代視為寶貝的大樹，所以約定不可以砍伐這三棵大樹，我才賣給他們。」

「走吧！」老人的手被快走的女孩牽著，步履蹣跚走近大樹。

女孩一溜煙從樹幹中間穿過。老人也穿過。

「咦……」女孩懷疑地注視著老人。「新太郎也死了嗎？死了嗎？什麼時候？」

「……」

「死了吧？真的……？在死亡的世界不能相會？不可思議呀！那麼，再一次、試驗是生是死，穿過樹幹看看。新太郎如果死了一起進入樹幹也好哇！」

老人和女孩往樹幹裡消失，沒有出來。

三棵大樹的後邊，夕暮的顏色開始飄散在小樹群裡，大海聲響的前方天空是朦朧的淡茜色。

馬美人

「這世界沒有像我這麼大方的人哪，連老公都給了人，哈！哈！哈……」

母親搖晃著像水桶的腹部，笑得像藍空。即使覺得悲傷，腹部卻不配合。她的腹中像塞滿氣球似的，以減輕心臟的重量。

父親或許會說：

「這世上沒有像我這麼大度的人，女兒、馬和家都給了老婆。」

他跟妾一起住在村尾的小家子裡。

母親的家在郊外，後邊的竹林陽光閃耀，走廊掛著玉米串，老舊的家亮起燈火，庭院裡雛菊綻放。白色公雞在大波斯菊田裡劈拍劈拍展翅，把嫩莖都掃斷了。

馬廄的馬，臉伸出在像人造花的花上。丈夫把馬留下，走了。這家，有馬。因此，村子裡的年輕人叫這家的女兒「馬美人」。

馬美人十六歲時跟男人發生關係。

這村子裡像光移動的瞳孔只有兩個，這兩個都是馬美人所有。兩個都烏黑，而且她的聲音粗得像男生，像角力喉嚨壞掉的粗聲音。隨著年齡的增長越來越像男生。不過，對馬美人來說，像男生其實反而像女生也說不定。從村子裡年輕人騷動可以了解。

五月的早晨，馬美人跟母親到水田。母親握著馬拉的犁柄走著。犁浮著，無法深耕。看到這景象的女兒跳入水田，像野馬拍拍地飛奔而來，泥水濺滿腰部。

「笨蛋！」賞了母親一巴掌。

「妳在搞什麼？不是撫摸水，是要把土翻過來，翻過來！」

母親按著臉頰，停住腳步，右手的犁拉動踉蹌了一下的同時，腹部跟著晃動了幾下，露出比丈夫離去時更為寂寞的笑容，對隔壁水田的村民說：

「我家的女兒有好幾個新郎，可是新娘只有我一人，真受不了呀。」

她母親說要到父親家。父親為借貸所苦，把那女人的房子、馬、工人都讓給別人了，也跟妾分開了。

月光發出空空的聲音，把野外的這個家沉入青光之底。母親的大腹更加鬆弛，做著明天去丈夫家的夢。馬美人忽地從一張床起來，啐地往母親的腹部吐口水。

接著飄然跨上馬廄裡的無鞍馬，踏倒大波斯菊的花，踢碎月光發出的聲音，在白色的街道上像黑色的流星一溜煙往南方的山而去。

村人之一說：

「聽說她在港口把馬賣了，搭船到男人那裡去了。」

母親說：

「女兒雖是我的老闆，但因為是女人，也追男人去了。」

父親說：

「取個什麼馬美人的綽號，不好！所以，騎上我賣掉的馬，跑了。」

另一個年輕人說：

「我看到了！馬美人跟馬一起從山頂上像弓箭一樣，朝天空的月亮飛奔而去了。」

百合

百合子小學的時候認為：

「梅子多可憐呀，用的鉛筆比大拇指還短，拿的是他哥哥的舊書包。」

為了跟最好的朋友使用一樣的東西，她用小鋸子把長鉛筆鋸成好幾節，沒有哥哥卻哭著要大人買男生的書包給她。

念女學校時覺得：

「松子多美呀，耳朵和手指因為凍傷了有點紅紅的，好可愛！」

為了跟最好的朋友一樣，她把手長久浸泡在洗手台的冷水裡，用水弄濕耳朵讓晨風吹著上學去。

百合子從女學校畢業後結婚，很溺愛丈夫。於是，模仿著最喜歡的人，為了跟他一樣，剪髮、戴高度數的近視眼鏡、留鬍子、叼著菸斗，叫喚丈夫用「喂！」，想志願當雄赳赳氣昂揚的陸軍。然而，讓她驚訝的是，那些事丈夫沒有一件同意的。甚至穿跟丈夫一樣的內衣，丈夫也說話。就連跟丈夫一樣不化妝，丈夫也露出討厭的臉色。因此，她的愛像被綁手綁腳一樣不自由，有如被摘掉芽的樹，逐漸衰弱。

「多討厭的人呀，為什麼不讓我跟他一樣呢？我愛的人跟我不一樣，太寂寞了！」

於是，百合子愛上神了。她祈禱：

「神啊，請祢讓我看看祢的樣子，無論如何請讓我看看！我想跟我愛的人打扮一致，做相同的事。」

從空中傳來神爽朗的聲音。

「妳就變成百合花吧！像百合花不喜歡任何東西，也像百合花一樣喜歡所有東西。」

「是！」率直回答，百合子變成一朵百合花。

舞孃的旅途風俗

1

東京郊外的大森一帶，是山丘、西洋人、年輕太太、與舞孃多的市鎮。

說到舞孃，當然有近代與古代——有舞廳爵士樂隊伴奏的短髮Dance Girl，與站在小料理店或咖啡店門口抱著「三味線」、留桃瓣式髮型的女藝人。

Dance Girl住在大森山丘的市街，女藝人在靠近海的市鎮流動。因此舞孃的瑪莉由舞廳的客人載送，奔馳沿海的京濱新國道而來，從品川開始就只看著窗外。在陰暗的茶庭聽到「三味線」的聲音。

「姐姐！」大聲叫喊。

「不要叫呀！帶姐姐一起回去。」

姐姐一上車，也不管其他乘客——Dance Girl用姐姐的「三味線」像「曼陀林」一樣彈，女藝人脫下布襪，輕輕撣一下。

「哇！好多灰塵呀，下襬會很髒哪。」

以為她們都是這樣，其實也有Dance Girl搭二等車廂，女藝人搭三等車廂，雖然搭同一班電車回去，到大森卻彼此不知道。

在咖啡廳，客人對女藝人說：

「那個，是妳妹妹？」

「是的。」

「完全不像啊。」

「在孤兒院認的。」

「妳自己為什麼不當Dance Girl？」

「我討厭跟男人抱著跳舞。」

舞廳的客人對Dance Girl說：

「聽說妳之前在廉價的咖啡廳，在姐姐『三味線』的伴奏下跳舞，有過這回事？」

「哪有人會做像乞丐做的事？」

以今日眼光來看——姐姐的舞蹈是乞丐之前一步，妹妹的舞蹈是千金小姐之前一步。

然而兩個女孩為何這麼美麗結合在一起呢？誰也不知道。一起在孤兒院——姐姐若無其事地說，聽來像是真的。不僅如此，自認是千金小姐的妹妹，在人前毫不羞恥喊乞丐的姐姐——毫不在乎別人眼光的妹妹，真的像是孤兒院出身的女孩。從人生的谷底躍上來的天不怕地不怕的人生、從那裡出身的女孩！

2

看到不知職業、身分，華麗的風塵女郎，我就會想到 Dance Girl ——在東京她們的作風還算新穎的時候，我發現了瑪莉。是誰取的名字呢？用海港最常見的名字「瑪莉」命名的少女，純白水手服，只有衣領是紅色——她就是那樣，經常販賣清純的少女形象。

「究竟是幾歲？」這麼問的任何男子，都有著新鮮的喜悅。

在午後三點的省線電車上，我有時跟她搭同一班車。她塗得濃濃的嘴唇故意噘起，經常露出輕蔑什麼似的表情。我只能猜測她是由於太早戀愛，被女校退學的千金小姐，現在通車學習音樂或手藝。

然而，深夜雙手挽著兩個大男人的手，若無其事回去。與桃辮式髮型的女藝人肩並肩唱著歌回去。

那個女藝人，誰都知道她經常獨來獨往，還有穿著繫紅繩子的麻草履、振袖[14]、腰帶裡夾著束衣袖的紅帶子、小圓臉。

她對咖啡店的客人或女服務生都使用敬語體。要是店裡沒客人，便在門口臉頰紅紅的、低著頭說：

「姐姐！讓我休息一下好嗎？」

即使坐在店裡的椅子上，自己也低著頭默默的、寂寞的樣子，所以有時女服務生對她搭訕。

因此，她是在品川蒲田間、舊東海道沿線海岸，唯一沒遭受到女服務生厭煩的舞孃——櫻花圖樣的手帕摺得整整齊齊，像鄉下人般捲入衣襟裡，用右手指抓住前端，稍用力一甩，開始跳了起來。她與短髮的千金小姐同住，是太不可思議的事實。即使在大家知道千金小姐其實是Dance Girl之後。

然而，小個子的少女不是跳舞的好對象。但她因為像少女的氣質而有名——然而，即使被擅長跳舞的男士們以高超技巧、耍雜技般團團轉，她都能跟上拍子，對了，就像

14 譯註：一種寬鬆的和服。

小學生的遊戲那樣高興跳著，眼睛發亮變得有點野性。

3

這個舞孃的行蹤，在大森不見了。

我到伊豆旅行。這溫泉有我喜歡的按摩。不！應該說我是為了按摩而來這溫泉的。他住在大約北邊一里的熱鬧溫泉群聚地，家裡有五、六個弟子。比明眼者走得快是他最大的驕傲。

「我的個性是一聽到明眼者的腳步聲，就飛也似的快走，不追過他不行；因此掉到河川裡，撞到樹木啦，受傷的事就層出不窮。」旅館的女侍者逗我笑之後，我就喜歡上了她。

大部分的盲人按摩，站在浴槽看都覺得骯髒；但是他肥胖的裸體，充滿著爆發性力量，白胖得漂亮。

他帶著一管尺八[15]，每月月初從北邊的溫泉來到這旅館。這村子請了四、五個按摩，

15 譯註：一種木管樂器，以管長一尺八寸而得名。

吹尺八，還有義大夫[16]、三弦曲——這樣大吹特吹，玩個兩、三天。客人通常都是盲者。

今天市丸的宴會——這旅館的人稱他奇妙的遊戲為「市丸先生的宴會」；跟我住的房間隔著庭院樹木相對。六個盲者合奏尺八。

千鳥的曲子結束，其中一人用力揮著尺八，對前面的盲者吐口水。

「喂！你看不到前面有人嗎？」挨罵的盲者作出要打對方的姿勢。

意外的有女人聲音發出：

「金丸先生的拳頭，作勢要打杉丸先生呀！」

盲者坐的位子旁邊，少女穿著浴衣，繫著皮革的紫色腰帶，端坐著。

杉丸吐舌頭。

「杉丸先生吐出舌頭。」

旁邊的按摩師對她露出牙齒。

「哎啊，砂丸先生好。」

「好！」市丸環視大家——其實是看不到的。

16 譯註：江戶時代前期、大阪的竹本義太夫開始的一種淨瑠璃。

「喂，大家做什麼動作，町子當裁判，町子請到正中央來！」

市丸重新坐好、合掌。五個盲者歪著頭，思考想做什麼動作的樣子。

「噯呀，雙手合起來拜拜呢！」

「做了什麼？」

「這個動作，即使明眼人也不知道呀。」

「準備好了嗎？」杉丸食指伸入鼻孔裡。五個人都不知道。砂丸做出拔刀的姿勢。

「喂，不一起做不行！杉丸先生手指伸進鼻孔，砂丸拔刀……」

金丸嘴巴一歪曲，少女馬上說：

「金丸先生歪嘴巴啊。」

市丸馬上雙手放在額頭上做出長角樣，金丸又彈鼻屎。

「市丸裝鬼……」她說著之間六個盲者一起做奇妙的手勢，裝出怪異的表情。

「金丸先生彈鼻屎，橋丸先生沒做動作，千丸先生裝哭——不行！不行呀，我搞不清了。金丸先生拉耳朵，市丸上吊，杉丸嘴唇、砂丸先生、橋丸——啊！太忙了。」

「啊，太忙了。」市丸有力的腿躍起，向後翻滾。

「市丸向後翻滾……」

於是，剩下的盲者一起舉腿趴搭趴搭地想向後翻滾，少女捧腹，笑倒地上。

就在這時，一輛共乘馬車到了，傳出「三味線」的聲音。

「啊！姐——姐。」浴衣的下襬露出襯衣，往走廊跑去的是——舞孃瑪莉。

4

瑪莉出場的舞廳由於舞孃行為不端正，被勒命停止營業了。她的舞孃執照被吊銷乙事，我也知道。那之後不久兩個舞孃的影子從大森消失了。

「那個短髮的女孩？」

「市丸先生帶來的，不過，準備讓她當老闆娘或小妾吧？」旅館的女侍者說。

「她住在市丸先生家嗎？」

「聽說是的。」

「那個流浪藝人呢？」

「那個孩子是這邊的按摩女呀，她被帶去當流浪藝人，到十二、三歲為止在伊豆流浪，最近不知又從哪裡回來了……」

「也在市丸家嗎？」

「這個嘛，經常那樣子，大概是在外頭吧。」

沒多久在市丸的房間，酒醉的盲人們配合舞孃的「三味線」跳起舞來了。

那些盲者跳得像章魚的正中央，町子瑪莉浴衣的下襬掀起到水手服裙子的高度，鏘啷鏘噹，起勁地跳著查爾斯頓舞[17]。

我笑得眼淚都流出來！

17 譯註：一九二〇年代源於美國南卡羅萊州的查爾斯頓，風靡全球。

人的腳步聲

他從桐花綻放的醫院出院了。

通往咖啡店二樓露臺的門開著。服務生的衣服新而白。

他的左手放在露臺桌子上，感受到大理石冰冷的舒服。右手掌托著臉頰，手肘抵著欄杆。眼睛彷彿要把一個個的行人吸上來似地專心地往下看。人們在明亮的燈光下走得起勁。二樓的露臺很低，彷彿伸出手杖就能敲到行人的頭。

「都市與鄉下的季節感完全相反，你不覺得嗎？鄉下人不會因燈光的顏色而感覺夏天到來，在鄉下，是自然而不是人，草木裝扮著各個季節。然而，在都市，比起自然，是人裝扮各個季節。許多人像這樣走在街上製造了初夏，不覺得這條街道是人的初夏嗎？」

「人的初夏啊，真的是這樣。」

他回答妻，同時想起醫院窗戶開著的桐花香。那時候他一閉上眼睛，頭腦一定會沉入各種姿態的腳的幻想之海，腦髓細胞全部變成腳形狀的蟲，匍匐在他的世界。

女人跨著東西時羞赧痴痴地笑的雙足。抖動一下就僵硬的臨死的雙足。馬腹上，大腿肉瘦的馬的雙足。懶散伸出像鯨魚脂肪粗鈍、有時以嚇人力量緊張的雙足。膝行的乞丐到了深夜，輕鬆站起來的雙足。從母親的兩腳之間生出來的嬰兒，齊全的雙足。像從上班處回家靠薪水過日子的疲累的雙足。清水的感覺，從腳踝吸上腹部，渡過淺水的雙足。像褲子的細折痕，銳角走路尋找戀情的雙足。到昨天為止還分開，今天碰在一起的指尖，不知怎的今天像是想見面、感覺奇怪的少女的雙足。褲袋裡重重的金錢，跨大步走路的雙足。臉微笑，盡嘲笑的滑頭女人的雙足。將昨夜的罪過轉為舞姬的良心，在舞台上嘆氣的美麗雙足。在咖啡店讓腳踝唱拋棄女人歌曲的男人的雙足。悲傷時覺得重，喜悅時覺得輕的雙足。運動家、詩人、高利貸、貴婦人、女泳將、小學生的雙足，雙足，雙足——更重要的是他妻子的雙足。

從冬天到春天膝關節生病，最後切斷的他的右腳——因為這隻腳，他在醫院的病床上為各種腳的幻影所惱，像是為了看熱鬧街道而製作的眼鏡，頻頻對咖啡店露臺感到愛戀。貪婪眺望行人健全的雙腳交互踩著地面，想聽那腳步聲。

「沒了腳才知道呀，初夏真正的好。希望在初夏到來之前，可以出院去那家咖啡聽。」

他看著木蓮花，對妻子說。

「仔細想想，一年裡頭人腳最美的時候是初夏呀，能讓人最舒爽輕快走在都會的是初夏，木蓮花掉落之前非出院不可。」

因此，他從露臺，好像路上的行人都是自己的戀人似地，專心往下看。

「連微風都清新不是嗎？」

「季節的嬗遞，不用說內衣，即使是昨天結的頭髮，今天也沒有沾了灰塵的感覺？」

「那些就不用說了。腳啊，初夏的人的腳呀！」

「既然這樣，我也到下面走給你看看嗎？」

「這跟約定的不合。在醫院切斷腳時，妳不是說：二人三隻腳，變成一個人嗎？」

「最美麗的季節，初夏，能滿足你？」

「安靜一點好嗎？聽不到路上行人的腳步聲了！」

他想從夜晚都會的噪音之中，撿拾人尊貴的腳步聲，莊重傾聽。不久，他閉上眼睛，於是，路上行人的腳步聲，像落到湖面的雨聲，注入他的靈魂。倦怠的臉頰，出現微妙的喜悅。

然而，喜悅的表情逐漸消失。臉色蒼白的同時，他睜開病態的眼睛。

「妳不知道嗎？人都是跛腳的。這裡聽到的腳步聲，沒有一個是雙腳健全的。」

「哎呀，是這樣嗎？或許吧，就算是人的心臟也只有一邊。」

「而且腳步聲紊亂，不是人腳的關係。以清澄的心，聽到靈魂生病的聲音。肉體對大地感到悲傷，約定靈魂下葬日子的聲音。」

「大概是吧，不限於腳步聲，什麼都是這樣。因為想法不同，你的情況是神經質呀。」

「聽看看！都會的腳步聲是生病的。大家都像我一樣跛腳不是嗎？沒了自己的腳，想體會雙腳健全的感覺，不想發現任何人的疾病。不希望被種植新的憂鬱。這憂鬱必須找個地方去除呀——喂，我想去鄉下看看。人的靈魂和肉體或許都比都會健康，因此，說不定可以聽到雙腳健全的聲音。」

「一定不行的！還不如到動物園聽四腳動物的腳步聲好。」

「動物園？或許吧！動物的腳和鳥的兩隻翅膀都很健壯，那聲音或許美而和諧。」

「說什麼呢？我只是開一點玩笑而已。」

「人用兩隻腳站立走路時，靈魂就已開始生病了，因此，兩腳的聲音不齊，或許也是當然的。」

不久，裝了義肢的他，表情像是失去了單腳的靈魂，在妻的幫助下搭汽車。汽車車輪的聲音，托著跛腳，向他訴說它靈魂的疾病。街道上，電燈灑落新的季節之花。

夏天的鞋子

馬車中五個老太婆邊打瞌睡，談論著這個冬天是橘子的豐收年。馬，猛搖著尾巴像是追趕海鷗似地奔跑。

馭者的勘三非常喜歡馬。再者，擁有八人乘坐的馬車，在這街上惟勘三一人。他又神經質到經常認為自己的馬車是街上最漂亮的馬車。爬坡時為了馬，他飄然從車伕座下來。他內心對飄然下來又飄然上去的身手感到得意。他即使坐在車伕座卻能從馬車搖晃程度感知小孩吊掛馬車尾，因此飄然下來拳頭往小孩的頭上敲。所以街道上的小孩最關心勘三的馬車，但也最害怕。

然而，今天不知為何都捉不到小孩。意即，逮捕不到像猴子一樣吊在馬車後邊的現行犯。要是平常，他像貓飄然下來讓馬車走過，拳頭往不知情的小孩頭上敲下去，得意地說：

「笨蛋！」

這是第三次他從車伕座跳下來。十二、三歲的少女滿臉通紅氣喘噓噓地走著，肩膀上下起伏，眼睛燦然發光。她穿著桃色洋裝，襪子滑落到腳踝附近，沒穿鞋子。勘三一直瞪著少女。她的眼睛轉向旁邊的大海，答答答地追著馬車而來。

「喊！」

勘三咋舌又回到馬伕座。勘三心想終於少見的、高貴、美麗的少女也來到海岸的別墅，有點客氣起來；但由於三次下來都沒逮到，生氣了。這少女吊著馬車也有一里了。勘三可能因此懊悔，甚至用馬鞭抽他非常心愛的馬。

馬車進入小村子。勘三大聲吹著喇叭，馬越跑越快。回過頭看，少女抬頭挺胸，短髮在肩上揮舞，跑著。手裡提著單隻襪子。

不久少女像似被馬車吸附。勘三回頭越過車伕座後邊的玻璃，感覺到少女突然縮著身子。然而，勘三第四次跳下來時，少女已經離開馬車，走路。

「喂，妳要去哪裡？」

少女低著頭，沉默。

「妳打算吊著到海港嗎？」

少女依然默默地。

「海港嗎?」

少女點頭。

「喂,看妳的腳,腳啊,血都流出來了不是嗎?妳呀,真是倔強的小女孩。」

連勘三都皺起眉頭。

「我讓妳坐馬車去,坐到裡面來。吊在那裡馬會增加重量,所以,拜託妳坐到裡邊來。喂,妳不想當傻瓜吧!」

說著打開馬車的門。

過一會兒,勘三從車伕座回過頭一看,少女連被馬車門夾著的洋服下襬都沒拉起來,剛才的倔強臉色消失了,靜靜地、害羞地低著頭。

然而,從哪裡到一里的港口的回程路上,不知何時少女又追著馬車而來。勘三直接打開馬車的門。

「叔叔,我不喜歡坐到裡面,不想坐到裡面!」

「看妳腳上的血,血呀。襪子都變紅了不是嗎?了不起,小女孩。」

馬車緩緩爬上二里的斜坡,接近原來的村子。

「叔叔,請在這裡讓我下來。」

勘三無意往路旁一看，一雙小鞋子白白綻放在枯草上。

「妳冬天也穿白色的鞋子嗎？」

「人家是夏天來這裡的。」

少女一穿上鞋子，頭也不回像白鷺一樣往小山上的感化院飛回去了。

松鴉

天亮之後松鴉喧叫。

一打開雨窗，牠就從眼前松樹下面的樹枝飛走了；似乎又飛回來了，早餐時聽到翅膀聲。

「好吵呀！」弟弟作勢要站起來。

「沒關係，沒關係！」祖母阻止了。

「來找小孩的吧，像是幼鳥從巢掉下來了！昨天也是到傍晚天黑為止一直繞著；沒找到吧！還是讓人欽佩，今早又來找了。」

「阿嬤，很了解呀！」芳子說。

祖母眼睛不好。大約十年前腎臟炎之後沒生過什麼病；但是因為從年輕時就有白內障，現在只剩左眼有近乎微弱的視力。碗和筷子非遞給她不可。環境熟悉的家中，可以手摸著走，但是一個人出不了庭院。

有時站在玻璃門前或坐著，打開手掌，隔著玻璃用五根手指遮太陽想看東西。拼盡生命集中於視力。那時的祖母，芳子感到害怕。也想從後面叫喊，卻悄悄躲向遠處。眼睛那麼差的祖母，光是聽到松鴉的叫聲，就像是眼睛看到似的。芳子因此很佩服。

芳子早餐後要整理，於是到廚房，松鴉在隔壁的屋頂上叫著。

後院有一棵栗樹，二、三棵柿子。看那樹木知道細雨下著。要不是後邊有繁多樹葉，就看不見的雨。松鴉飛到栗樹上，接著以為要低飛掠過地上，哪知又飛回樹枝上，頻頻鳴叫。

母鳥老是不飛走，大概是雛鳥在這附近吧！

芳子掛心著，還是進入房間。因為早上要梳妝整理。

過午，父親和母親要帶著未來的婆婆來了。

芳子坐在鏡台前，看了一下指甲的白色部分。聽說指甲出現白色是長東西的前兆，想起報紙上也說是因為缺乏維他命C的關係。芳子很快就化好妝了。自己的眉毛和嘴唇都可愛得不得了，衣服也容易穿。

也有過等幫忙媽媽穿和服的人來了再穿的念頭，不過，還是一個人穿了好。

父母分居，這是後媽。

父親和芳子的母親在芳子四歲、弟弟兩歲時離婚。聽說是母親常外出用錢無度；但應該不只是這樣，芳子也隱隱感到離婚的原因還有更嚴重的理由。

弟弟找到自己幼小時母親的照片給父親看，父親什麼也沒說；板著臉，突然把那照片撕得粉碎。

芳子十三歲時，家裡來了新媽媽。後來芳子感謝父親一個人過了十年。後媽人很好，過著和諧的生活。

弟弟念高中住學校宿舍，對後媽的態度有了明顯的變化。

「姐姐！我去看媽媽了。她結了婚，住在麻布。很漂亮哦，看到我很高興。」

弟弟突然這麼說，芳子說不出話來。臉色蒼白，都快發抖了。

媽媽從前邊的房間來坐下。

「沒關係，沒關係，去見自己的生母，不是壞事，是當然的呀！媽媽也知道會有這時候來臨的。我不會有別的想法的。」

母親的體力似乎衰退了，瘦弱的母親在芳子眼中看起來小得可憐。

弟弟突然站起來走了。芳子真想狠狠揍他。

「芳子，不要跟那孩子說什麼，說了只會對他不好。」母親小聲說。

芳子落下眼淚。

父親把弟弟從宿舍叫回家。芳子以為這樣就結束了，父親卻帶著母親搬出去了。

芳子害怕，像是被男人的憤怒或怨恨的強度擊垮了。懷疑跟之前母親有關連的自己和弟弟，是否也被父親憎恨呢？甚至覺得突然站起來走開的弟弟也繼承了父親的恐怖。

不過，芳子現在似乎也了解父親十年以來和前妻分開，到迎接後妻之間的悲傷與痛苦。

分居的父親來談芳子的婚事時，芳子感到意外。

「讓妳辛苦了，抱歉！對於在這樣家庭長大的女兒，我常對對方的母親說，與其當媳婦，希望能讓她找回快樂的女兒時代。」

父親這麼說，芳子哭了。

芳子結婚之後，祖母和弟弟沒有女性可以照顧，所以父母和祖母住在一起。這樣先打動了芳子的心。因為父親的關係，芳子對婚姻感到害怕，但實際碰到時，卻不覺得那麼恐怖。

芳子化好妝到祖母那邊。

「阿嬤！看得到我這件和服是紅色的嗎？」

「我知道那邊有朦朧的紅色呀！在哪裡？」祖母拉近芳子，眼睛靠近和服與帶子。

「我已經忘記芳子的樣子了！長什麼樣子呢？我想看看。」

芳子忍受著癢，一隻手輕輕放在祖母頭上。

父親他們來了，芳子想出去迎接，呆坐不住了，到庭院裡。她打開手掌，是不會淋濕的雨，把下襬弄成一束，在小樹間和山白竹裡頭仔細尋找，在胡枝子下的草叢裡找到雛鳥了。

芳子的心撲通撲通跳靠近，雛鳥一直縮著頭。很容易就抓到了。好像沒什麼精神，芳子環顧四週，沒看到母鳥。

芳子往家裡跑。

「阿嬤，我抓到雛鳥啦！但沒什麼精神呀！」

「是嘛，讓牠喝水看看！」

祖母很鎮定。

芳子用碗裝水，將牠的嘴巴按到碗裡，小小的喉嚨鼓起喝水，很可愛！或許因此而有了精神？

「唧唧唧、唧唧唧……」地叫著。

母鳥似乎聽到了飛過來，停在電線上叫。雛鳥在芳子的手掌上掙扎。

「唧唧唧……」地叫著。

「啊，太好了，趕快還給牠媽媽吧！」祖母說。

芳子到庭院。母鳥飛離電線，從對面的櫻花樹梢一直往芳子這邊看。

芳子單手高舉讓牠看掌中的雛鳥，然後輕輕放地上。

在玻璃門後面看情況，母鳥循著往空中哀叫的雛鳥聲音逐漸接近。母鳥來到旁邊松樹的下邊樹枝時，雛鳥拍翅膀想飛起來，借那勢頭搖搖晃晃往前走，都快翻倒了，還邊叫著。

即使這樣，母鳥警戒心強，不願飛落地面。

不過，不久、母鳥一直線咻地來到雛鳥旁。雛鳥高興得不得了，搖頭、搖頭，展翅、展翅，像是在撒嬌。母鳥像是在餵餌食給雛鳥。

芳子希望父親和後母早點來，想讓他們看這一幕。

足袋

我不明白姐姐那麼溫柔的人，為何讓我們看到那樣臨死的樣子呢？

姐姐傍晚意識不明，身子向後仰，握著的手使勁顫動。手顫動一停止，頭快往枕頭的左邊滑落。這時，白色的蛔蟲從半張開的嘴緩緩爬出來。

那蛔蟲白得奇怪，後來，我有時回憶起，印象鮮明。那時候我一定會想起白色的足袋[18]。

把許多東西放進姐姐的棺材時：

「媽媽，足袋呢？足袋也放進去吧。」我說。

「對對，我忘記足袋了。這孩子的腳很漂亮。」

18 譯註：將腳的拇趾和另外四趾分開的襪子。

「是九文[19]呀！媽媽不要和我的弄錯了。」我提醒。

我說足袋，是因為姐姐的腳小而美，而且與有關足袋相關的回憶。

我十二歲那年的十二月，在附近的市鎮有「勇足袋宣傳」電影大會。市鎮的巡迴樂隊推著紅色的旗幟也繞到我們村子來。聽說樂隊發的宣傳單裡夾著入場卷，我們村裡的小孩跟著樂隊走，撿宣傳單。其實附在足袋的標籤是入場卷。那時候村裡，除了祭典、盂蘭盆會，幾乎沒有機會看電影。足袋賣得很好。

我也拾起畫有鎮上風格畫的傳單。早早就去鎮上演戲的小屋排隊。心中充滿說不定不行的不安。

「什麼？不是宣傳單啊。」我在入口處被笑。垂頭喪氣回到家，蹲在井邊，心想為什麼我不能進去呢？提著水桶出來的姐姐，手一放在我的肩上，我用手掌掩面。姐姐放下水桶，去拿錢來。

「快去吧。」

在道路的轉角我回頭一看，姐姐站著目送我。我一溜煙跑了。

19 譯註：「文」是丈量足袋和鞋子大小的單位。

在街上足袋屋時：

「幾文呢？」被這麼一問，我不知如何是好？

「把你穿的脫下來看看。」

別扣上寫著九文。

回去後把那足袋交給姐姐，姐姐也是九文。

之後，大約過了二年，我們一家搬到朝鮮，住在京城。女校三年時，我因為跟三橋老師過於親近，連家人都受到警告，我被禁止去探望老師。老師感冒一直沒好，期末考試也沒舉行。

聖誕節前我和媽媽上街，準備買東西送老師，買了純紅色緞子的大禮帽。帽子的緞帶插著深綠的冬青葉加上紅色果實。用銀紙包著巧克力。

我進入那條街的書店和姐姐會合。我讓她看大禮帽的包包。

「你猜裡頭是什麼？我送三橋老師的禮物。」

「這個不可以呀。」姐姐小聲責備似地。

「學校不是已經說得那麼清楚了嗎？」

我的幸福消失了。那時我似乎第一次感覺到，姐姐和我明顯是不同的人。

紅色大禮帽放在我的桌上，就這樣過了聖誕節。然而，年底的三十日那頂大禮帽不見了。我感覺連幸福的影子也消失了。可是，不知為什麼我對姐姐說不出口。

翌日的除夕夜，姐姐邀我散步。

「那包巧克力拿去供養三橋老師了，像是白花後邊放著紅色的珠子，好漂亮！我請他們將它放進棺中。」

三橋老師逝世乙事，我不知道。自從紅色禮帽放在桌上之後，我沒外出過。家人似乎對我隱瞞三橋老師的死。

我能放進棺中的東西，只有二樣，是這紅色的禮帽和白色足袋。聽說三橋老師在廉價宿處的薄坐墊上，喉嚨發出哦哦聲，痛苦得眼球快要凸出而死。

活著的我思考，為什麼會有紅色的大禮帽與白色的足袋？

喜鵲

老朋友的西洋畫家帶來二幅雪景畫，在客廳賞畫、聊天。友人隨意的站起來，從走廊的邊緣望向庭院。

「喜鵲來了。」

「喜鵲？」我重複同樣的問題。「那鳥是喜鵲？」

「是喜鵲！」

「耶，鎌倉有喜鵲！」我仍不相信地說。朋友是風景畫家，常到山郊野外寫生，對於鳥類相當了解，所以確實是喜鵲無誤吧！不過，來到庭院的鳥是喜鵲，我倒是很意外。

不只是單純的意外。因為我聽到是喜鵲的那一剎那，想起許多歌詠喜鵲的日本古和歌。也有「喜鵲製作的渡橋」。七夕之夜，為了讓牛郎和織女星在天河相會，喜鵲們以唾液連接成橋樑。

那隻喜鵲每天到庭院來。朋友發現喜鵲的那一天，是新曆七夕之後過了五、六日。

如果朋友弄錯了，即使牠不是喜鵲，每次客人來時，我仍會說：

「庭院裡來了喜鵲呀。」或許會讓他看那鳥兒。

可是，朋友說「是喜鵲！」在走廊觀看時，我坐在客廳裡說：

「有時六、七隻，對了，也有十隻的時候，常到庭院來。」也不想站起來跟朋友一起看。因為已經看慣了，是很熟悉的鳥。到走廊看鳥，不如想那鳥的名字。因為一聽到「喜鵲」這名字，那鳥馬上滲入我的情感。知道「喜鵲」這名字，跟不知道之前，那鳥已經不是相同的鳥了。各色各樣的名字裡，有這種作用的言語，很少。「喜鵲」這詞的日本舊和歌，馬上浮現我的腦海，甚至好像聽到懷念的河水聲。

那些鳥在庭院看熟悉了，對我很親近。

「那鳥是什麼鳥呢？」以前，我常問家人。像長尾鳥，可是以長尾鳥來說又太大了。是叫什麼鳥呢？

雖然不知道名字，我希望那些鳥能夠每天到庭院來。祈求明年、後年、年年都能來。那鳥接近十隻成群而來。從庭木飛下草坪，走著找食物。我想撒些餌食，不知道牠們吃什麼。

我的家接近鎌倉的大佛，後面背著小山，山的後面還是山的連續，因此鳥兒會來。

有小鳥群季節時過來的，似乎也有長年住在我家後山的鳥。麻雀且不提，有鳶、鶯、紅角鴞等。那些鳥的叫聲容易分辨，我喜歡牠們的叫聲。季節到了，聽鶯的啼聲、聽紅角鴞的叫聲。

「啊，今年牠們也來了呀。」我感到高興。這個家我住了二十年，因此，和鳥兒們也是二十年的老朋友了。我認為鳥兒可以活到二十歲，沒考慮到鳥兒的壽命。有一次，我的粗心，突然被打槍。

「鶯可以活幾年？鳶可以活幾年？」我問家人。「以為每年是同樣的鶯，同樣的鳶，其實，是二十年前第幾代的鶯、第幾代的鳶也說不定。」

我每天聽到的是：春初的鶯，像幼兒片語隻字的叫聲，隨著每天的練習成了鶯的歌聲；那是去年的鶯忘了歌，重新練習的呢？還是今年初生的鶯，開始練習的呢？

二十年之間，在我的後山，鳥兒出生、死了，出生、死了，第幾代的孩子來到庭樹鳴叫、到了晚上啼叫、在屋頂上跳舞婉轉。那情形，我以為是同一隻鳥活了二十年，這是怎的一回事？

不過，朋友告訴我牠的名字，在庭院看慣的鳥，馬上滲入我的情感而來的。

「喜鵲」這個詞，仔細想想，不知是從前幾代人們的古和歌的重要語詞。

喜鵲的聲音不好聽，瘦小身姿的動作有點焦燥。感覺與喜鵲的古和歌「喜鵲之橋」連接不起來；無法連接起來，那麼我就無法看到來到庭院的這些鳥兒嗎？

來到我庭院的鳥兒們，當然不知道自己從遙遠的從前就被稱為「喜鵲」，在和歌裡被歌詠，是非常活耀的。

告訴我這種鳥是「喜鵲」的朋友，說牠們是九州長大的。

離婚之子

1

他和她都是小說家。二人都是小說家，這件事構成他們結婚的充分理由。同樣地也是他們離婚的充分理由。

二人的結婚很完美。為什麼？因為她有離婚的力量。

二人的離婚也很美，為什麼？因為她有與對方成為朋友的心。

再者，還有一件美好的事，他們之間生了男孩子。

小孩應該歸父親呢？還是歸母親？他們沒有起那樣的爭執。

2

他的小說和她的小說，同一月在不同的雜誌刊登。他的小說是給分手女人的情書，她的小說是給分手男人的情書——向廣闊的天空尋找相遇的情書。

她將兩篇連著閱讀，縮著脖子偷笑。她在房內走來走去，唱歌，帶著小孩離開家。

他的桌上，那兩本雜誌攤開著。

「一起慶祝吧，你不高興嗎？」

二人像幾年前的戀人那樣，避人耳目走在陰暗的裡巷。

「你跟我分手，又要回到跟我在一起之前的宿舍，不寂寞嗎？我希望你飛到遙遠的地方呀！」女的說。

「說的是，即使好不容易分開了，彼此的生活很容易想像得到。」

「趕快過彼此無法想像的生活吧。」女的說。

「那很難吧，因為彼此都是相當了不起的作家。」

二人愉快的慶祝餐會結束歸來，小孩在車中睡著了。

「有點不忍心叫他起來，他就留在你那兒吧。」女的說。

3

第二天早上，他與小孩單獨相處，感到驚慌。即使在電車通行的街上，也不知道該買什麼給孩子。正經地問他，也沒有答案。像有年輕朋友來訪時那樣，他帶六歲小孩到咖啡廳。

那心情像是第一次看到小孩。以前把小孩當作夫妻之間的障礙，所以完全託給傭人照顧，彷彿現在才開始愛上小孩。

然而，不可思議的是無論怎樣都責罵不了。

小孩打開紙拉門，抓著紙拉門，對宿舍的走廊東瞧西瞧。有人走過就關上躲起來，再打開。他默默地看了二十分鐘，叫喊了：

「阿健——阿健了不起呀，有兩個家。」

「這是爸爸的家？」

「嗯，要在爸爸的家住幾晚？」

「住幾晚呢？」小孩坐在他膝上，歪著頭。

第三天，小孩在她家附近從車子一下來，拉著他的手跑起來了。洋式房間的窗簾上映照著大大的花影。

她像他們新婚時那樣，似乎想起裝飾家這回事。

「再來哦。」他放開小孩的手，頭也不回走了。小孩沒追過來。

4

「從阿健那裡聽到一些有關你的事，不過，請不要問阿健我的事。因為不希望你向阿健打聽關於我的謎題。」

小孩拿著這樣的信，一個人來到他的宿舍。他很高興一個人搭電車，所以不要母親送他來。

「我要到父親那裡。」聽說是第六天還是第九天時小孩說的。似乎不是她找藉口想來見他。

小孩在他面前似乎一天比一天快樂。在他與她的兩個住家來來去去，逐漸舒暢。他跟朋友聊天之際，不知何時小孩一個人到她家去了。

「我們雖然失去了家庭，但阿健還有著呢？」女的說。

「不是的。不知何時會變得像離婚之子、向那些在街上遊蕩的孩子哪。」

「會成為流浪的幼苗嗎？」女人說。

「他幫我們實現離婚的理想。二人新的家庭是街道上的藍空。」

5

看完戲回來，他的房間，小孩一個人睡著。他鑽進床鋪，小孩也沒醒過來。早上十點左右還沒起床。他過午回來，小孩和附近的小孩遊玩。

「媽媽啊，和別的叔叔去旅行了。」

一直看著急忙扒飯的小孩，他感到無可言喻的憎恨。

「旅行——是怎麼一回事？」

「嗯，旅行是關上家門，出去了。」

「阿健也會跟父親到很遠地方嗎？」

「這樣不就不能回到媽媽的家嗎？」

小孩困惑的臉，讓他高興地笑了。

6

「你的小說要是可以完全去除受到我風格的影響，再一次在一起也可以。」

「我不喜歡那樣子更改，你需要的話，我永遠是你的戀人！」

分手的二人是這樣子的。

然而，二人的風格逐漸遠離，隨著二人感情作用的不同——他察覺到那距離嚴重影響到小孩。小孩在父親與母親之間來來往往，為了克服那距離，不知不覺付出努力。因此，小孩感情的快速成長肉眼可見。小孩為了想把父親和母親據為己有，小孩會做出某些激烈的戰鬥。這一點，他和她都深切感受到。

然而，他有時也會有種小孩不是自己的孩子的感覺。

她與小孩眼中新的他競爭，在小孩心中多灌輸自己。

二人相見，她變成平穩家庭的母親，眼中含淚。

「阿健，仍然是孤兒呀！」女人說。

「即使是孤兒，不也是人的孤兒。不是野獸也不是神的。」

7

他再次踏入人生的陷阱。結婚了。

或許稱不上是美滿婚姻。為何？因為新妻子不具有離婚的力量，應該無法成為朋友。

然而，小孩第一次來他新家的時候，似乎毫無抗拒叫他妻子「媽媽」，馬上親近了。

他對小孩感到莫名的憎恨。

小孩玩了二、三天，突然回到她的家。他覺得小孩實在太可愛了，可愛到想敲他的頭。阿健對新妻子倒沒有惡意。

可是，每次小孩像小鳥一樣離去時，她都揣揣不安。

「我是不是做了什麼讓阿健不高興的事？」

他覺得妻子比六歲的孩子更愚蠢。

「我希望能讓我養育阿健。」

「這樣子啊。」

「不過，你前妻是小說家，我總覺得她很可怕——阿健當我的小孩以後，可以不要讓他去她那裡嗎？」

「笨蛋！」

他冷不防將妻子打倒在地。他眼淚啪嗒啪嗒流下大喊：

「那孩子——那孩子，即使是那女人與戀人一起躺著的床，也會任意跳上去，他不是能夠結婚的、流氓的孩子哪！」

他往廣闊藍空的街上衝出去。

石榴

一夜寒風，石榴葉全掉光了。

葉子在石榴樹下的地上畫了個圓。

打開雨窗的希美子，看到石榴樹光禿禿的嚇了一跳，對葉子掉落畫出漂亮的圓，也感到不可思議。似乎會被風吹亂。

樹梢結了碩大的果實。

「媽媽，結了好大的石榴哦！」希美子叫母親。

「真的？我都忘了。」

母親只看了一下，又回到廚房。

從「我都忘了」這句話，希美子想起自己的寂寞。生活在這裡，連走廊前的石榴也忘記了。

大約半月前——表姐的小孩來玩，很快就看到石榴。七歲的男孩一個勁往樹上爬的樣子，希美子覺得活力十足。

「上面還有大的呀！」在走廊喊著。

「嗯，可是我若是摘了，就下不去了。」

沒錯，要是兩手拿著石榴，就下不來了。希美子笑出來，小孩真的很可愛。

小孩來之前，這個家把石榴都忘了。到今早為止，忘了石榴。

小孩來時，還藏在葉子裡；今早石榴顯露在空中。

這個石榴，在落葉畫成圓形的庭院地裡堅強活著，希美子到庭院，用竹竿把石榴摘下來。

熟透了！果實膨脹的力量，裂開了。放在走廊，陽光下粒粒閃亮，陽光通透粒粒。

希美子覺得對不起石榴。

上二樓，趕緊織衣物，十點左右，聽到啟吉的聲音。木門沒關？像是直接繞到庭院；母親大聲叫：

「希美子，希美子，阿啟來了！」

母親的話很有精神，說得很快。

希美子把線脫落的針插在針山。

「希美子啊，經常說啟吉出征之前，想見一次面，說著說著這邊不方便去，啟吉也一直沒來，哎呀，今天總算……」

母親說。想留他用午餐，啟吉似乎很忙。

「不方便的話……這是家裡種的石榴，拿去吃吧。」

接著又叫希美子。

希美子下樓，啟吉以眼光迎接她，那眼光似乎等不及似地看著希美子，因此，希美子腿軟。

啟吉的眼睛突然浮現熱熱的東西時。

「啊！」

啟吉手中的石榴掉了。

二人相視而笑。

察覺到彼此微笑，希美子臉頰熱了。啟吉也急忙從走廊起身。

「希美子要照顧好身體！」

「啟吉也一樣呀。」

希美子說的時候，啟吉已轉過身對著母親打招呼。

啟吉離開之後，希美子往庭院的木門方向目送一會兒。母親說：

「阿啟真忙哪，這麼好吃的石榴，太可惜了。」

胸部貼著走廊，伸出手，撿起石榴。

剛才啟吉眼睛變熱時，不自覺想把石榴剝成二半時，不小心掉下的吧。沒有剝開，有籽的那邊朝下掉的。

母親拿著石榴到廚房清洗。

「希美子！」遞給她。

「我不要，好髒！」

希美子皺眉，後退，但突然臉頰發熱，張皇失措，接了過去。

上邊的顆粒，似乎被啟吉咬過了。

母親還在那兒，希美子要是不吃更奇怪。若無其事咬下去，石榴的酸味滲入牙齒。

希美子感覺那像是滲入心底哀傷的喜悅。

母親完全不在乎希美子，已經站起來了。

經過鏡台前。

「哎呀！哎呀！這樣的頭髮，目送啟吉真不好意思。」

於是坐下來。

希美子一直聽著梳子的聲音。

「爸爸死的那時候啊，」

母親緩緩說道。

「害怕梳髮……一梳頭髮，就茫然出神。突然感覺像是父親還等著我梳好頭髮呢，猛地回過神來，嚇了一跳。」

希美子想起母親常吃父親剩下的東西。

希美子悲傷的情緒湧上來，那是想哭出來的幸福。

母親只覺得可惜，現在也只是因為這樣，給希美子石榴！母親是從那樣的日子活過來的人，不免露出習性。

希美子對自己觸及到的祕密感到喜悅，覺得對母親不好意思。

不過，啟吉不知道，會覺得是滿懷情意的分別方式。再者，自己也可以一直等待著啟吉。

悄悄往母親那邊看，太陽已照到隔著鏡台的拉門。

對希美子來說咬放在膝上的石榴，似乎是可怕的。

滑岩

帶老婆和孩子來山裡的溫泉。這是以產子湯聞名的溫泉。很熱的湯，所以對女人不錯。然而，卻用例如松樹和岩石會讓人生小孩的迷信宣傳。

有著奈良醃漬物臉的理髮師一邊幫他刮臉，一邊說著松樹的故事（那故事寫下來有損女性的名譽，所以略而不談）。

「我們年輕時常去看，天亮前起身，那時候女人們都來抱松樹。總之，想要小孩的女人都瘋了。」

「現在還看得到嗎？那棵啊，十年前就砍掉了。好大的松樹，砍下的木材可以蓋二間房子哪。」

「嗯——可是，是哪個傢伙砍的？砍掉的傢伙真了不起！」

「這個啊，是縣政府下的命令。因為實在是有礙名聲。」

晚飯前他與老婆泡在大湯池。大湯池，就是共同湯，聽說對女人有效所以是溫泉的寶。浴客的習慣是在旅館的內湯洗淨身體後，再下石階到大湯池。大湯池三方面用木板圍成湯槽形狀，底部是天然岩石。沒有木板的一方，湯槽形狀扭曲，像象形的岩石挺立。有光澤的黑色岩石泡在湯裡變得光滑。聽說從岩石上邊滑落下來就會生小孩，所以叫滑岩。

他每次看到滑岩都覺得：

「這怪物在嘲笑人。」無論是想生小孩的人，抑或是認為從岩石滑下就會生小孩的人，都會被這溫吞的大臉嘲笑。

他在湯中對著黑牆壁的臉露出苦笑。

「岩石呀，我要是將我那又臭又舊的老婆頭砍下，丟進湯池裡，或許會有新鮮的驚奇。」

只有他們夫婦和小孩的湯中，老婆覺得有點稀奇，因此，他似乎想起平日把老婆都忘了的自己。

有女人從石階下來，髮型蓋著耳朵，她拔下西班牙髮針放在架子上。

「哇，真是個可愛的小女孩。」她說著沉下池子裡。裸體站立時，女人清淨的頭髮，像是擰下花瓣只剩下蕊的芍藥。

夫婦之外還有一個其他混浴者，總讓人覺得不自在，加上不由自主在池子裡拿年輕女人和老婆比較，陷入自我厭惡的空虛感。

「我也會砍下松樹蓋房子，這是我的老婆，這是我的小孩，這句話包含迷信不是嗎？岩石啊，你說對不對？」

老婆因湯而臉紅，眼瞼的輪廓鬆弛。

湯上落下黃色波浪，熱氣白白上浮。

「喂，少爺，電燈亮了呀，有幾盞電燈？」

「兩個。」

「兩個啊，天花板一個，還有湯底一個。少爺，燈光很強，一直往湯底鑽下去，真的很強。」

髮型蓋著耳朵的女人，直瞪著小孩看。

「小孩真乖。」

讓老婆和小孩先睡著，寫了十封左右的信。

在內湯的脫衣處，他突然呆立不動。

像白色青蛙吸住滑岩，趴著的她放開手，抬起腳踝，溜溜滑下來。溫泉水帶黃色意味呵呵大笑。她爬上岩石，緊緊吸住。就是那個女的。
用毛巾緊緊包住耳朵被髮型覆蓋的頭，是傍晚的女人。
他抓著腰帶，跑上秋天深夜無聲的階梯。
「那個女人今夜是要來殺我小孩的！」
老婆抱著小孩，頭髮落在枕上睡著。
「岩石呀，那個相信你無聊迷信的女人的舉止，都讓我感到恐怖。那麼，我迷信的說『這是我老婆，這是我小孩』，在我不知不覺間，或許也讓世上不知幾百幾千人顫慄。不是嗎？岩石呀。」
於是他對老婆產生了新的愛戀，他拉著她的手。
「起來！」叫醒她。

夜市的微笑

我驟然停下腳步。上野廣小路上的博品館，夜晚一到固定時刻門就關，門緊緊關閉大約過了兩小時。我背靠著門在煙火攤和眼鏡攤前停住腳步。看過從夕暮到夜晚的擁擠人群，走在博品館與夜市之間的寬廣人行道正中央，我奇妙地感到害怕，每一個晚歸的人影離去，潑了水的泥土顏色更黑且深沉，被丟棄的紙屑更加顯白浮現的深夜。一台車載著折疊起來的攤子回去了。煙火攤擺著赤裸裸的線型煙火、裝入彩色紙袋的東牡丹、花車、地雷火、裝進彩色紙箱的雪月花、三色松葉等。眼鏡攤裡擺著老花眼鏡、近視眼鏡、有色眼鏡、平光眼鏡有鍍金的，有金、銀、赤銅、鐵、鱉甲的眼鏡框、雙眼鏡、潛水鏡、放大鏡。不過，我不是來看煙火或眼鏡的。

煙火攤和眼鏡攤距離約三尺。煙火攤和眼鏡攤拋下販賣品前沒客人的攤子，彼此在三尺之間蹲著。不！似乎是眼鏡攤要是靠近二尺，煙火攤就靠近一尺。煙火攤的女孩身體跟櫃台的凳子一起移動過來，眼鏡攤的男子毫不留戀將凳子拋在攤後邊。

男子踮起腳踝用腳尖支撐身體雙腳打開，上半身彎曲，承受重量的左手肘用力按住左膝蓋。拿著短漆木屐的右手在兩腳之垂下，專心在黑色地面上寫字。

女孩認真看男子寫的字。她坐著的凳子矮，穿的木屐有繩子，因此，腳站直膝蓋稍離開，圍裙垂下，上半身向前傾到膝蓋壓著細小的乳房，雙手繞到膝蓋外邊，圓圓的手掌稍向上輕放在腳背上。粗花紋的浴衣稍有汗污，桃瓣式髮型的髮根稍鬆了。乳房稍微分開，由兩邊的膝蓋托住，因此，領口的地方衣襟黏著肌膚，胸部稍微敞開。

我佇立看著二人和在地面上移動的漆木屐。他們的姿態一眼望過去就知道，用漆木屐寫的字當然沒法懂。眼鏡攤寫的字不抹去，重疊寫上去。即使這樣煙火攤大概看得懂吧！某個意思在地面糾纏，雙方不由得抬頭，彼此稍稍互望一眼。我以為會有鮮明的微笑或眼睛、嘴巴說些什麼時，女孩眼光落到地面，男子開始寫字。煙火攤的女孩是下町的貧窮人家，腰部和手指都細細的，然而因為幸福，身高似乎比同年齡的女孩高。

男子新寫了三、四個字，女孩突然站起來伸出放在腳背上的左手，想搶男子手上的筆。男子的手迅速躲開，二人的眼睛相視。然而，雙方依然沒說話，臉上也沒有出現新的表情，真是妙！女孩伸出去的手又老實放回腳背。男子的手躲開了，放下上浮的腳踝，為了避免再上浮，雙腳張得更開，準備寫新的字。這次字還沒寫完之前，女孩就像閃電般伸出左手，然而，男子的手逃得更快。煙火攤的女孩死了心手又放回，卻在放回腳背途中偷得一瞬間，突然斜向抬起頭，不意碰到我注視的眼光，她不自覺地露出微笑。我也不由得微笑以對。

煙火攤女孩的微笑跟我心靈相通。我看著二人的姿態和動作，留在我心中的微笑，受到女孩微笑的影響突然浮現臉上，那是我無心的微笑。

男子的視線也受到女孩的影響看我一眼。露出嗤然的笑容但馬上換成嚴肅的表情。我頓時覺得無趣。這時女孩臉稍紅，左手抬起到桃瓣式的頭髮上，做出整裡的樣子。她用袖子遮住臉。這些動作是女孩第二次伸出手想從男子手中搶漆木屐之後瞬間發生的事。我對眼鏡攤投射過來、隱含惡意的眼光有點反感，同時偷窺到人家的祕密感到難為情，於是我走開了。

眼鏡攤先生！你的不高興可以理解。你可能不知道，煙火攤的女孩臉紅，用袖子遮臉是因為你的緣故；因為你在夜市驟然綻放的一個微笑被我偷走了。當然你們即使四目相投也幾乎無表情地專心寫字，因此女孩的微笑應該是針對你的，如果不是我看著，那麼你也會回報女孩以同樣的微笑吧。不過，即使偷到大家的眼光，在女孩的父兄來接她為止的時光，那一瞬間先要像女孩一樣無心地微笑，然後可不可以不要露出狡猾的笑容或嚴肅的表情呢？雖說這是職業性習慣，可是你的心與眼鏡已經稍有陰影或歪曲了。

不過，還有明天的夜晚，後天的夜晚。請你挖掘到可以寫幾千、幾億字的地底為止。還有煙火攤的女孩，左撇子的女孩！妳那樣子就行了；眼鏡攤用漆木屐寫幾千、幾億的字，妳那麼專心看著深入的井底可能會暈眩，我擔心會掉入井裡。掉下去好呢？還是小心不要掉下去好呢？這樣的事，我怎會知道。雖然如此，跟在來迎接的父親或哥哥咯嘞咯嘞拉走的車子後面、在夜深人靜的街道上想著眼鏡攤的人、步履蹣跚地回去也不錯。或者狠下心來把排列在妳店裡的東牡丹、花車、地雷火、雪月花、三色松葉等的煙火一起點燃，讓美麗的火花將夜晚寂寞的街道染成火的國度看看，如何呢？這麼一來，或許眼鏡攤男子會意外的驚慌逃跑喲！

望遠鏡與電話

1

波列先生的兩隻義足，對這故事來說是條件太好；對我們弟子們來說也非常方便。第一、我們不管什麼時間去，先生都會在。還有無法外出的先生，對我們的來訪連一次不高興都沒有。

「先生為了撫慰腳不能行走的寂寞，開始教法語。」

任何人都會有此聯想——但也只是謠傳。

「美麗的人們有法國化妝品的味道，而我不會離開法語是因為浪漫的日本。」先生有時像唱歌似地說。

法語是浪漫的日本——這是弟子們共同的歌曲。尤其，對貧窮學生的我來說是美麗的歌曲。聽說波列先生失去腳的那時是法國大使館的年輕書記。由於這關係，弟子裡有多位美麗的夫人和千金小姐。

她們經常在先生身邊，雖是輕微，卻飄散著大使館的舞會、聖誕節式的、像橫濱碼頭的氣氛。再者，感覺先生只要一有空，就會哼一段日本歌曲：

繫著金線織花的錦緞的腰帶

新娘小姐啊妳為何哭泣[20]

用法語圓潤的聲音唱，會失去這首歌應有的懷舊哀愁氣氛，變成新異國情調的開朗歌曲。

聽到那首歌曲，我常想到：

「果然，殘廢這類的不幸——那個人在外國或許看來有點輕柔的魅力。」

然而，B——她是十五歲的女學生，有一天對我說：

「拉住波列先生留在日本，一定是因為日本女孩多愁善感的眼淚吧！聽說先生受傷

20 譯註：這是一九二三年發表的〈花嫁人形〉歌曲的部分。作詞者，詩人蕗谷虹兒（1898-1979）。

時，有人哭得死去活來，讓他不考慮後果而發誓留下來。」

2

我聽到聲音回過頭來，看到鴿子走在露臺。鴿子從落魄的德國音樂家晒的短上衣旁，飛到市街的天空。市街前方，午後的雲靄下降，如果沒有汽船通過，可能會把霞色的海看成是遙遠的山脈。六隻飯店的鴿子，吸滿七月的熱氣，在被熏成灰色的市街上空飛翔。

波列先生往皮椅子坐下，以日本式說法，只能說是脫下雙腳的義肢端坐，以已經安置好東西的姿態對我說。

「請幫我推椅子到窗邊！」

窗邊——擺著成了這房間標誌的大望眼鏡。那是先生因失去腳，搬到山丘上的飯店時，朋友和熟人贈送的貼心禮物。先生喜歡那器械到決不讓弟子們碰它。而弟子們也認為看那望眼鏡，是進入先生的眼內——亦即，心內，覺得不禮貌，把望遠鏡當成神聖的東西，是在這房間的禮儀。

然而，今天先生對我說：

「你有用望眼鏡看過人生嗎？」

「看過人生？——我只有用望遠鏡看過藝妓們的舞蹈。在新橋演舞場觀賞櫻花時節的舞蹈。」我的法語讓我裝腔作勢。

「有發現不一樣的人生嗎？」

「藝妓們的胴體像要蓋住眼睛般跳過來，讓我驚訝。她們以實物一倍半的大身體，像波浪的巨大壓力像我的臉逼近。」

「哦，那S看到什麼呢？」

「我？我從高塔看都市。」

「感想呢？」

「那是幼時的記憶了！在天空飛，我心想鳥為什麼不飛更快一點？」

「那鳥是鴿子嗎？」

「是的，是鴿子。剛剛忘記法語的鴿子，所以說鳥。從望眼鏡裡感覺聽得到鴿子拍翅膀的聲音。」

「哦……」先生調整望遠鏡的焦距；突然尖銳的鼻子推向我。

「你來看這個！」

「啊！」我的臉離開望遠鏡。一對男女就在我眼前接吻。再看時，也還在接吻。

女人未化妝的白色額頭，臉頰上出現不相稱的些許血色，無疑的是剛病癒。隨著男的嘴唇移動，女人肩膀搖晃，頭髮垂落背後，眼睛張開，仰望男人的臉。她生病之後今天似乎是第一次洗髮，剛梳過，隨意綁起的頭髮鬆落。

S看到我臉色蒼白，探詢別人隱私似地問：

「可以讓我看看嗎？」

「不行！」我擋在望遠鏡前。剛才如果不是S在旁，我想跟先生說：

「色情——有如波浪的壓力逼近我的臉。」

先生一本正經的面孔微笑著說：

「以神之名的所有東西，都不過是有著與人稍不同的眼睛而已。」

「藝術的天才也——」

「總之，Y和S明天跟今天一樣下午三點過來。我要編一部戲曲，我要把你們二人塑造成神。」

3

翌日，S穿著新的薄青色皺紗，比我早五分鐘到，散發出不同的香水味道。海上有積雨雲，帆色鮮明。海岸的煤氣桶，閃閃發光。遠眺的市街，只有新湯屋的煙囪和大醫院的牆壁是純白色的。

波列先生將望遠鏡旁的桌上型電話拉過來對S說：

「你就說是她家人打來的，請五十七號、K病院、三號室的患者聽電話！」

我也在先生旁邊望著望遠鏡——亦即，在我眼前一尺，昨天的男女今天也接吻著。護士來到醫院的屋頂庭園。護士在女的面前微低身，二人一起走了。

S驚訝把話筒拿開耳邊，用日本話說：

「出來了！」

先生吩咐我：

「那麼，Y把我說的話翻給她聽，她說的話翻給我聽。」我接過話筒。

「喂，喂！誰？你是誰？」是女人的聲音。

「她說，是誰？丈夫嗎？」

「是丈夫——妳剛剛跟院長的兒子在醫院的庭園接吻對嗎？」

沒有回答。

「前天第一次接吻，昨天和今天都在下午三點站在同一板凳旁接吻。」

「前天第一次接吻……」

「你，真的是你？不要嚇我！你在公司嗎？還是在家？這不是你的聲音呀！你在哪裡呢？」

「她想否認事實，似乎不相信是丈夫的聲音。」

「讓她相信吧！——今天早上到醫院探望後，回家了。把手杖遺忘在病房。」

「看到妻子出軌，妳以為聲音會是平常的聲音嗎？今天早上我把手杖忘了，留在妳那裡。」

「哎呀，手杖——回來拿手杖嗎？你在哪裡呢？」

（以下說法語，故省略。）

「我即使不回醫院，也看得見妳所見所為。丈夫——快要忘記妻子屬於丈夫的妳，或許輕蔑丈夫的眼睛，豈有此理。今天早上，妳回來之後就坐在床上，剪指甲，吃橘子，脫下襪子看腳，擦口紅看著鏡子好久……」

「這這這這……」

「我的眼睛是神的眼睛。」

「不！不是這樣。不是這樣。你自己的事，我什麼都不說的。」

「那個男子在妳的病房，跟妳之前的小姐也在那茅屋下的板凳接吻！還有跟年輕的護士——那個女人很可憐像是被趕出去了。我都看到了。還有妳和那個男子靠近接吻用的板凳，混蛋！」

「啊！請你原諒……」叫聲中電話切斷了。先生稍微移動望遠鏡的鏡體，我朝望遠鏡一看，那個女人臉色蒼白像被惡魔追趕似地，跑出玄關，四處張望，啪地倒下了。

「第一幕成功——她會因此而成為世界上最貞淑的夫人。」先生冷笑。

4

在波列先生的望遠鏡下，醫院的入口、藥局、醫務室、炊事場、北側的病房與屋上庭園都像隔壁的家看得一清二楚。附近的人家絕對看不到那些地方。再者，那裡的人們也不知道從遠處的山丘可以看得到他們。

「比起雙腳健全可以到處走動的人們，我反而看到許多赤裸的人生——我有兩個人生，我學法語的華麗弟子們，與醫院的病人。弟子們現在還以為我是外交官。因此，比醫院的人生更多一起歡喜、哭泣。那裡的善與惡——都被望遠鏡擴大，像神一樣知道，像神一樣寂寞。藉著你們的幫助，我做了神的審判。第二幕開始吧！」

不過，第二幕不是悲劇。在醫務室常看顯微鏡的是醫師。

「顯微鏡，跟望遠鏡不一樣，無疑的是不同的神的眼睛。再者，對殘廢者的愛……」

先生說著，臉紅了。

他因藥品作用，造成從右耳往臉頰抽搐的現象。有一個護士愛上他。然而，自認醜陋的他，因為醜陋而沒有意識到。

先生要S裝那護士的聲色打電話給醫師；

「喂！喂！我是醫院最新來的護士。」只說了這些，S就口吃了。

「第二幕延到明天吧！」

接著，我和S在飯店的酒吧喝茶，一回到房間，先生嚴肅對她說：

「S——電話裡說，拜託你了，我和大學生約定好要結婚。」

S驚訝，臉紅；但先生過於正經：

「耶，對不起！我有個請求。其實，我跟大學生約定好要結婚……」

這時，她馬上抽身，像按住自己的嘴巴一樣按住話筒：

「哎呀，媽媽！」

是S的母親。不是醫院，電話接到S的家裡了。先生眯著眼睛笑著說：

「為了能扮演明天戀人的角色，把S塑造成戀人。」

我們不久就離開飯店。夕陽照射著庭院的楠木，後邊傳來波列先生爽朗的歌聲。

繫著金線織花的錦緞的腰帶
新娘小姐啊妳為何哭泣

「我心煩，不想回家！」

「到海岸那邊吧。」

廣闊的街道上，車子速度飛快地朝我們開過來，車中是屋頂庭園的女人。她頹然靠在接吻的對方。先生失敗了！由於剛才的電話，心想被丈夫知道了，二人乾脆明目張膽在一起。不過，那雙腿殘廢的法國人的望遠鏡還看著我們和這部車子嗎？我身體一悸靠近S。飛逝的車子將熱情傳給我。先生的望遠鏡與電話，成功了。新戀人的我們回頭看先生所住飯店的山丘，三隻鴿子緩緩飛迴。

陣雨的車站

妻、妻、妻、妻——啊，女人啊，這世上被稱呼妻子的女人何其多，儘管知道所有的姑娘都成為人妻也不奇怪，諸位，看過大群的人妻嗎？那就像看到大群的囚犯一樣，讓人可憐、驚訝。

從女學生和女工的人群，無法想像大群人妻。女學生和女工，她們之間必須靠某樣東西結合起來。亦即，從家庭解放出來往某一地方去。然而，大群人妻就像從社會的隔離病房那樣、一個個從各自的家庭出來。如果是同學會的遠足和慈善會的義賣場，可以說人妻們暫時有像女學生的心；這是她們每個人因為對丈夫的愛而集結在一起，所以，她們又是單個的人。不過，這可不是說公營市場。

例如，省線電車的郊外停車場——以大森車站來說吧，晴朗的秋日早上，午後就下陣雨。小說家的他，不幸的是他的妻子不是隔離病房的病人，而是茂野舞蹈場的舞孃，所以，他在大森車站的剪票口。

「歡迎回來，我還帶著你的傘呢。」鄰居太太把雨傘遮到他胸口。不，遮到胸口的不只是雨傘，還有妻子的感覺，她臉紅到脖子，微笑著。那也是當然的，因為拿著兩把雨傘的人妻，在車站出口被大群人妻十層二十層包圍著，一起往剪票口盯著。

「呀，謝謝。太太是來參加五月祭吧。」他雖這麼說著，卻比鄰居太太還慌張，像大為惱火的演說家往石階逃下去。

他衝破人妻的包圍，打開的是畫有水菖蒲花的水色女用傘。是鄰居太太慌張給錯了呢？還是帶了她的傘來給他呢？總之，到陣雨的車站迎接的溫柔的女人，像水一樣滲入他胸前。她下襬微敞開用腳尖站起來汲取井中唧筒時，他從二樓書齋恰好眺望到她腳踝上邊附近，臉相覷時，從她的微笑想到吹過果實的秋風。雖然她只是撐著把花雨傘，現在想到在舞蹈場和男人抱著狂舞的妻子，仍會感到老舊的寂寞。

不僅如此，從通往車站的三條大道，人妻大軍揮舞著一把傘，將太過家庭式的愛，節節進攻上來。她們急促的腳步，還有不習慣外頭陽光的衰老的素臉，這麼樸實反而讓人想到像大群囚徒憤怒的抗戰。

「所謂人妻的五月祭，我自己都覺得是很好的形容。」他對人妻各自拿著丈夫的傘不停止的行進，邊倒退想著。

「從廚房直接出來沒化妝的人妻群——就是沒化妝的家庭的姿態，是公司職員的家庭展覽會。」

這時，他突然發出像陣雨天空的笑。陣雨車站的人妻們沒笑，其中不乏等待很久而想哭的妻子。鄰居太太的第二把傘跟第一把傘一樣，並沒有遞到丈夫之手。

陣雨車站近郊的村子，例如大森一帶——上班的丈夫沒開車子，穿著絲綢的妻子沒有女僕跟著，這種情況的年輕夫婦的巢窟，現在像是剛掀開讓人瞧見；小孩綁在背後撐著紙傘的老婆、拿著丈夫的陽傘當手杖而來的老妻，也跟新妻一樣隆冬穿著胭脂色毛絨大衣、沒穿秋天防雨斗篷，絕不稀奇。而這些群聚的妻、妻、妻，一個個找到走出剪票口的男人們，或雨傘相並或共撐一把傘，被一種安詳與暫時像新婚的喜悅包圍著歸去。然而，女人們從後面不斷湧過來，這裡是等待著一個個丈夫的人妻市場——的確讓人想到像尋求配偶的女人市場、去掉化妝與浪漫的結婚市場模型。

然而，這座市場的貨品中，鄰居太太是一個例外，她惴惴不安等待寒傖的丈夫，希望他不要馬上從剪票口出來。她把雨傘給小說家以後，她的情敵就登上石階逐漸靠近。

「啊！好久不見了。妳也住在大森？」

「啊！」像是同班同學彼此第一次認識時一樣微笑。

「剛剛那位不是小說家根並先生嗎？」

「是的。」

「啊，果然是。好羨慕呀，妳什麼時候與根並先生結婚了？」

「這個嘛，什麼時候呀……」

「討厭，連自己的結婚日都忘記了，是因為每天都過著像新婚的幸福日子？」

「是去年七月。」鄰居太太突然說出來。

她不是為小說家帶傘來的，是在車站偶然看到情敵時，心中好是掙扎，才突然把傘遞給這個在社會上有名的男子。

「已經一年以上了不是嗎？還像是昨天剛嫁的人似地，臉都紅了。」

「我很高興！」

「我也高興，最近一定要到妳家打擾。我是根並先生的忠實讀者，他是美男子的傳言早就從雜誌的報導知道了，本人勝過傳言，好羨慕妳呀！千代子，我其實早就看到妳了。只是，之前我們有過那樣的事而分開了。猶豫著要不要相認。不過，知道妳是根並夫人，我完全放心了。現在看來，妳抽到好籤，是因為我把壞籤先抽走的關係，妳還要跟我道謝才是哪。那件事已經付諸流水——也不能說是付諸流水，是因為現在的幸福，將它變成忘得乾乾淨淨的夢了。想到二人可以像過去那樣高高興興握手當朋友，我的心就輕鬆了，也想祝福妳，很高興跟妳相認呀。」

說謊，我贏了！——鄰居太太陶醉在如麻痺的幸福裡。

「妳在等人嗎？」

「是的，我讓女弟子到松屋買東西。」這次是很爽快回答。

要是再引用小說家根並先生喜歡的形容，剪票口是讓人想到社會的大牢獄之門。做苦工的男人們從那道門出來，和來接的病人一起回到隔離病房的家庭。她們是擔心丈夫出獄的兩個妻子，每次電車抵達，她們的內心重複著冰冷的顫慄：哪邊的丈夫會先回來？

根並夫人戴著假面回去。因為鄰居太太深愛著現在的丈夫。即使不待舊情敵說什麼，她也為了這種愛而忘卻昔日戀情。然而，現在看到情敵來接舊情人時，就像被剝掉假面，無疑是非常難過。不，像是午後的下雨日，出迎的習慣之鎖，把她綁在陣雨的車站。另一方面情敵也不希望丈夫——她們當年愛戀的大學生，讓人想起的不是俊俏青年，而是為生活奔波、薪水微薄的受薪階級。丈夫的褲袋裡即使沒有車資，有的是跟結婚時穿的一樣，已經四年的舊洋服即使被陣雨淋濕了也不可惜。她不能這樣輸著回去。

「秋天讓妻子哭泣呢，車站的車子來來往往，今天更頻繁，很快都開走了。妻子們被拉到孝順丈夫的競技會，不就像是女人的舊衣市場？」眼看著丈夫的話題分不出勝負，情敵把戰場轉移到女同事上邊來。

「妳看呀，穿上再怎麼滯銷的舊衣服，化淡妝而來也是女人的修養呀。這些妻子像是暴動……」

「剛才我先生還說是人妻的勞動節呀。」

「哎呀，不愧是。是吧，這像是丟丈夫的臉哪！從男人眼中看來一定很可怕。」

她連塗黃色的高齒木屐都亮亮的，是化新妝來的。人妻是在廚房的樣子。這化妝——給男人帶雨傘到陣雨的車站來也沒忘記的化妝，只有這個是奪回從前戀人的力量。而現在鄰居太太也抹上叫小說家夫人的腮紅，因為這妝才這麼幸福，贏了情敵。

「可是我的個性笨拙，惹人注目人會感到害怕呀。」

「那妳是有福氣的命運囉，妳這個根並夫人是有人知曉的。如果這樣，我大聲幫妳介紹也可以囉？我就說：這是根並夫人。」她說了更多的話，比鄰居太太想說的還要多。接著第三階段的作戰，又開始新的化妝。喋喋不休說起音樂和新劇。

說來也真巧，勞動人們的帽子上像一朵白花使得額頭秀麗，過陸橋而來的是，住在大森有名的新劇演員。鄰居太太也看過，他曾跟是舞孃的根並夫人挽著手深夜歸來。謠傳舊情人現在是朋友以上關係的就是這個人。

「啊，是中野時彥呀。」被鄰居太太說的話刺到，化了妝的女人大辣辣往剪票口去。

「中野先生吧，我等著你呢。請像戀人一樣撐我的傘回去吧。」她小聲又獻媚地說著。初見面的男人，是扮演戀人角色的俳優，這是她的幸福。一隻手時髦地打開傘遮住男的肩膀，作回頭姿態。

「我先失禮了！」驕傲地進入人妻們的傘海之中。

像吹往蜂斗菜田的一陣風，車站前廣場的傘、傘、傘，讓鮮豔化妝的這一對情人，鬆懈了敵意。迅速被組織的貞淑，亦即有家庭苦的十字軍——然而，妻子一個人讓那些人妻們加入監視的行列，還陶醉在化妝的勝利。她或許是人氣王俳優的戀人，不是妻子。我是人氣作家的妻子。像這樣子即使化同樣的妝，比起變色的白粉戀人，還是膚色白粉的妻子而驕傲的她，當然沒忘記對丈夫的貞淑。在共撐的傘中對丈夫說陣雨車站的戰況。為今天坦白舊戀情的祕密而哭吧！陶醉在化妝的幸福，對她也就是這樣子。沒有情敵的現在，心無陰影等待著丈夫。

然而，化妝的幸福像是高樹梢的果實！鄰居太太不像情敵那樣，她是習慣爬上化妝樹的曲藝師。儘管啄食背在情敵背上叫小說家夫人的果實，情敵卻拍打不貞的翅膀聲飛離高高的樹梢。如果不借助誰的手，那麼貞淑的十字軍群就無法下到地面。一直等待著，丈夫也不來救。妻、妻、妻，各自撿拾自己的丈夫、丈夫、丈夫散去，停車場的牆壁像廢墟一樣無趣，頻頻落下的陣雨，使得臉頰寒冷僵硬，妝已全部脫落的妻子感到肚子餓得厲害。如此一來反而更不能離開車站，像鬼界之島的流放之人，豎起神經只能等待丈夫來救援。

等了五個小時，到了九點，鄰居太太像影子搖晃著，被剪票口吸過去，不是丈夫，是舊情人——也就是情敵的丈夫。她猛然湧上來的不是想回到自我的力量，而是悲傷。男子像是從監獄剛出來的疲累，左顧右盼搜尋自己的妻子邊走下石階，她什麼也沒說，將剩下的一把傘遞給他，眼淚撲簌落下。男子什麼都不知道。

小說家的他，從妻子尚未回來的家中二樓，到陣雨的深夜為止懷疑地望著隔壁陰暗的家。總之，浮現對世上丈夫、丈夫、丈夫的忠告話語。

「丈夫們呀，在午後的下雨日，尤其是秋天陣雨的晚上，趕快回到妻子等待的車站吧，因為我無法保證女人的心不會像女人的傘那樣，被遞給情敵的男人之手。」

二十年

村子野蠻又淫亂。其中之一是水平社的部落。
部落的少女們在小學引誘少年們。她們風騷的姿態使得學校的少年早熟。其中叫澄子的女學生，引誘他們到幻想的禁果樹下。
從學校的回家路上，一個少年說：
「大家說看看喜歡哪一個少女？我喜歡澄子。」
「我也是！」
「還用說，是澄子。」
「我想當船長。船長不住在這村子，也不住在陸地上，所以有水平社的女人，誰都不能抱怨。」
聽到這裡他生氣了。
「說什麼？竟然說這種話。」

大家都靜默下來。

「這傢伙！」

突然搶走少年的帽子丟到稻田裡。

「不講理！」

那個少年發出卑屈的聲音，蹲下來想撿帽子。他從後面踢他一腳。少年趴在稻苗上，他一溜煙跑了。

午休時間，高等科的學生像疾風跑來撞澄子。倒下哭泣的少女一直不起來，老師把她抱起。她像著火般哭泣。老師手一放開，砰地掉到地上。在聚集過來的少年圈子裡，少女哭得更像女人，肩膀和臉頰震顫。那樣子強烈刺激到他。翌日，他悄悄靠近高等科的學生。

「混蛋！」叫著，毆打。他被那少年追著，像子彈一樣跑到澄子玩耍的地方，用盡力氣把少女撞倒。

澄子比他晚一年尋常科畢業。升上中學的他，專程到街上的照相館購買澄子畢業時拍的紀念照。

村裡的中學生組成俱樂部，每星期日到小學集合。教師已經沒有資格斥責他們，而且許多人是村中有力人士的兒子。他們在狹窄的運動場打棒球，把屋瓦和玻璃窗打破了，在風琴的鍵盤上用粉筆標上一二三的記號唱歌。亂翻教員室的櫥子。在裁縫室摔柔道，要工友去買糕點。從這教室逛到那一教室，胡亂塗鴉。

到了高等科教室，四、五個看著一張桌子的中學生以眼光招呼他。那是澄子的桌子。抽出少女放著的紙夾子，把圖書、習字、考試答案等一一揣入懷裡。

「喂，讓一下！」他對坐在正面的少年說。少年還沒站起來，他已經把綁在澄子椅子上的漂亮毛紗迅速拆下來。

「喂！」

「坐墊不能拿走呀。」

「這傢伙好過分。」

他站在少年們的敵意之前。

「羨慕的話，明天到我家裡來，讓你坐看看。」

那是叫梅村的少年，跟澄子同村，跟他一起進中學。他喜歡梅村，旅行時抱著睡覺。梅村到了冬天手和腳趾的皮膚凍傷，都快腐爛。他從這樣的身體感受到色情的味道。

從中學的歸程，梅村說：

「你喜歡澄子吧？」

「……」

「澄子讓給你哪，你要讓澄子幸福，你準備到東京吧！把澄子帶到遙遠的地方就好了。」

「不要說像大人的話。」

「今天我帶你到好玩的地方。」

於是往梅村部落守護的森林去，四個小學高等科的少女將書包掛在高麗犬的脖子，玩著跳繩遊戲。梅村興沖沖吹著口哨接近少女。

「澄醬！我帶來了。」

澄子眼珠朝上翻不服輸的樣子，臉紅了。然後，他們躲到山裡。

冬天的星期日，他一早就帶著繡眼鳥的籠子和黏鳥膠瞞著父親到山裡。澄子們擔著從肩膀垂到膝蓋的大竹籠拾枯葉松而來。

梅村在山崗上說：

「好了，要滾下去了。」他在山麓回答。

「好呀！」

澄子鑽進竹籠，手腳使勁猛推。

「一、二、三。」

竹籠在山岡的腹部團團轉滾下來。籠子裡的少女裙子開花。手張得大大等著的他，撲上去，拖行二、三十公尺。滿臉通紅的澄子，在籠中撥開纏在膝上的衣服蹣跚走出來。被他抱起時，她整理頭髮。

「自由了！」

「自由了！」

山岡上與山岡下發出信號的聲音。接著各自往自由的枯草中消失。

這件事被他的村子知道了。父親在村民聚集的末座低著頭。

「這次小犬做出讓各位村民臉上無光的行為，要是在從前不是斬首就是斷絕親戚關係；這次我準備送他到中學的宿舍，以免有礙各位的眼睛，還請各位寬大為懷原諒他。」

和父親一起雙手著地時，中學二年級的他在心中叫喊：

「人道之賊，鬼，人非人，習俗的幽靈！我即使死了也要娶澄子給你們看看。」

之後，二十年過去了。他出席栗島子爵的園遊會。

那段期間他大學畢業，有六、七年在羅馬的大使館任職；現在回到外交部。他經常看官方的報告，因此知道梅村的動態。梅村海軍大學畢業後到新的戰艦；現在在軍令部居重要職位。

不過，聽到部落出身的軍人無論怎麼傑出也只能升到一定程度，他為梅村感到憤慨。再者，他又想梅村這般快速晉升，村子裡那樣的陋習是否不存在了？

這二人在栗島子爵的牡丹園睽違十四、五年相見。

「嗨！」

被大聲叫喊，肩膀被拍的他，看著如此威武的海軍軍官感到壓迫，連回拍肩膀都做不到。

旁邊的貴婦人好勝似地眼睛往上看。梅村看到他的驚訝說：

「對了，看到你，我有想說的話。澄子啊，她還是小女孩的時候，做過那樣的事的不只五、六個男生。那時候我們村子流行那種事哪。」

「……」

「小孩時候覺得很有趣呀。」澄子若無其事地微笑。

「啊，我稍失陪。空軍軍官的朋友來了。等會再聊。」

梅村二人大步往能樂堂走去。

留下來的他，臉紅得比周圍的牡丹花還紅。

玻璃

十五歲的未婚妻蓉子臉色蒼白地回來。

「我頭痛，看到好可憐的一幕！」

蓉子說著看到的景象：在製作酒瓶的玻璃工場，少年職工吐血，之後受到嚴重燒傷，昏倒了。

他也到那家玻璃工場。由於是炎熱的工作，窗戶幾乎整年都開著，經常有兩、三個過往行人站在窗戶邊往裡瞧。道路對面的河流，腐臭如下水道。因為有油而光亮，但是不流動。

在日晒不到陰濕的工場，職工以長棍子揮舞著火球。他的襯衫像他的臉一樣流汗，他的臉像他的襯衫一樣髒。火球在棍子尖端伸展成瓶子、浸水，過一下子再舉上來、折斷。彎著腰像小鬼的小孩用火箸夾起，搖晃著跑向最後加工的爐子——受到這飛舞的火球與玻璃聲音的刺激，站著參觀的人十分鐘頭就像玻璃碎片般疼痛、僵硬。

蓉子參觀時，搬運瓶子的小孩吐出濃濃的血，用雙手按住嘴巴，頹然倒下。飛舞的火球落在他的肩膀，他受不了。小孩張開滿是鮮血的下顎，撕裂似地大叫，想站起來，但搖晃轉了一圈，倒下去了。

「危險呀，混蛋！」

用溫水潑他，少年職工昏過去了。

「我想他一定沒有住院的錢，我想慰問他。」

「慰問他好呀，不過可憐的職工不只是那個小孩而已。」

「哥哥，謝謝。啊，我好高興。」

大約二十天後，這個少年職工來道謝。說是想見小姐，蓉子於是出去到玄關。站在庭院的少年抓著門檻低頭敬禮。

「已經痊癒了嗎？」

「咦？」少年蒼白的臉驚訝。

「燒燙傷好了嗎？」蓉子哭喪著臉問。

「嗯！」少年想解開襯衫的扣子。

「不，不用……」

蓉子逃進來。

「哪，哥哥，我……」

「這個拿去給他。」

他把錢遞給未婚妻。

「我，不想去了，讓女侍者去吧！」

那次之後，十年歲月流逝。

他在某文藝雜誌上看到題目是〈玻璃〉的小說。描寫他鎮上的景物。有因油而光亮卻不流動的河川。有火球飛舞的地獄。咯血！燒傷！資產階級少女的恩惠。

「喂，蓉子，蓉子！」

「什麼事？」

「妳曾經有過看到玻璃工廠的小孩昏倒了，送他錢這回事？那是念女校一年級或二年級的時候。」

「嗯，有過那回事呀。」

「那個小孩成了小說家，寫了那件事。」

「在哪裡？我來拜讀！」

蓉子從他手上搶過雜誌。

然而，他站在妻子後面閱讀〈玻璃〉，他開始後悔讓妻子看這篇小說。

少年寫著後來進到花瓶工場。他在那裡表現出對花瓶的顏色和形狀設計的傑出才華，因此，他不用像以前一樣殘酷使用病弱的身體。他寫到：他將自己設計的最美的花瓶送給了那少女。

不！自己——（大意是這樣）——四、五年之間不斷地以一個資產階級的少女為對象製作花瓶。讓自己對階級的覺醒是因為悲慘勞動生活的經驗嗎？是對一個資產階級少女的愛戀嗎？自己那時吐血，要是吐完而死應該是最正確的。可詛咒敵人的恩惠啊！屈辱啊！從前，城池被攻破的武士的幼兒，由於敵人的憐憫生命得以保全；在那孩子面前等待的是成為殺父男子的妾的命運。那少女的第一恩惠是救了自己的命。第二恩惠是給了自己尋找新工作的能力。然而，那新的職業、自己是為哪一階級製作花瓶。自己成了敵人的妾。自己知道為何獲得那少女的可憐。知道為何獲得恩惠。然而，人不能像獅子四腳走路一樣，自己也無法完全洗掉少年的夢。例如幻想自己燒掉敵人的宅邸，那麼自己就可以聽到在明亮的少女房間的美麗花瓶，因火而變醜、頹喪地嘆息。我想那少女的美滅亡了。自己即使站在階級戰線終究不過是一塊玻璃板，一個玻璃球。可是，在現代，我等同志有誰背後不背著玻璃呢？首先讓敵人敲碎我等背後的玻璃，自己與玻璃一起消失，是好的。要是沒有消失反而變得身輕了，自己躍起繼續戰鬥！

蓉子看完小說〈玻璃〉，她的眼睛向著遠方。

「那個花瓶去了哪裡？」

他從未見過妻子這般柔順的表情。

「可是，那時候我是小孩子呢！」

他的臉色變了。

「那當然是那樣子。即使跟其他的階級戰鬥，以其他階級的立場跟自己的階級戰鬥，作為個人的自己，沒有率先滅亡的覺悟是不行的。」

然而，他覺得不可思議。在妻子身上，從以前到現在，小說中少女那般可愛與新鮮感，連一次都未感受過。

那彎著腰像藍色小鬼的病人，為什麼有這樣的力量？

舞蹈鞋

1

舞者，只有她一人。樂師也有超過十人的時候，她的人氣也可說是靠爵士樂隊。因此，跑到她後台的男士也多；由於是旅途中，她也只是當場應對一下。

她在許多都會的電影院後台鏡子的抽屜裡，丟了許多名片。

不過，姓辻的男子說想給她舞蹈鞋，而且他開鞋店，自己做鞋，因此，她把他的名片放進化妝盒，帶回東京。

那男子說，請給一雙舊襪子，代替量尺寸。穿髒的比洗過的好，更能了解腳的形狀。她正在換衣裳之際，忙得連思考的時間都沒有，於是就隨手丟給他旁邊的東西。男子急忙放進口袋裡。

樂師們說，她被色情狂騙了；她笑了。

兩個月過了，姓辻的男子音信全無。

她也察覺到，果然是蒐集女人襪子的人。

嘴唇顏色像女子般鮮豔，完全看不出是鞋店老闆，他是個美青年。除了俊美之外，臉型也忘了；但是，她後來有時想起那嘴唇的顏色和女人的襪子，有著某種關係吧。

2

不意，姓辻的寄來掛號包裹。從包裹看得出不是鞋子。意外的是她的單腳襪子。

小腿以下破得稀爛。

那天午後，信寄到了。

信裡大意：之前跟妳要襪子，被狗咬得破成那樣子。雖然花了些功夫，腳的形狀還是看不出。對不起，請再送一雙。

似乎是真的。

不過，她又想不是狗，或許是他自己咬破的。

也是奇怪的人呀！她笑了，就置之度外。

然而，某一夜，一隻小狗溜進淺草電影院裡她的後台。

啊！好可愛呀！她正想伸出手時，小狗咬著她的襪子，一溜煙跑出去了。

她愣在那裡。

接著，感到寒氣！

她沒穿襪子，回家了。

3

她想那白色的稉犬一定是辻飼養的。

樂師之一也說：那樣的事一點也不麻煩。用之前跟她要的襪子，讓狗充分練習咬過來。之後，後台門口命令狗把她的襪子咬過來。

另一個樂師說：趕快去買現在流行的三萬圓保險吧！不只可以拿來宣傳，或許真的會被狗咬。

她笑了，保險金比跳舞好，幻想著過跛腳有錢人的生活。

然而，樂師說了更多像是真實的各種情況。姓辻的男子說不定讓狗偷多數女人的襪子，訓練狗咬，以此為樂。或許需要幾雙她的襪子，所以利用狗。更進一步，是出自他對她的腳的愛，或者出自憎恨，他讓飼犬咬她的腳。或者受其他的舞者之託，想傷害她的腳。讓狗奪襪子是訓練狗咬她的腳的開始。

可是，這些臆測是否都沒猜中呢？

因為，不久她收到了金色的舞蹈鞋。當然，那是辻的贈品。

4

她穿著金色的舞蹈鞋跳舞。

辻察覺到從舞台往觀眾席上搜尋的自己，自己也察覺到辻在搜尋。

寄出鞋子包裹的郵局是東京市內。無疑是辻帶了狗來到東京。

他開鞋店嗎？可疑。不過，一開始說想送鞋子，不是謊言。

想把它當作是第一次愛戀的告白。

也想成是時髦的戀愛詭計。

她的腳，汗水滲入，赤腳穿著金色舞蹈鞋。

準備從舞台後面的樓梯下來時，小狗突然咬住她的鞋，牙齒刺進腳背。

她大叫一聲倒下，看著白色狗叼著金色鞋子逃走，她暈過去了。

傷勢雖然不會影響到跳舞；可是，來自腳的喜悅消失了。舞者死了！

5

她感覺像是突然從夢中醒來。

醒來的同時，也覺得自己已經死了。

又有活過來的感覺。

只是，觀眾的喝采聽成是冷笑，光是這件事對她來說，有如生死差別的驚訝。

仔細想想，自己的舞，無趣。跳舞也無趣。赤裸讓人瞧，沒意思的職業。

她覺得自己變得很聰明。

然而，即使如此，到腳被咬為止，腳裡確實住著一個生物。那生物逃到哪裡去了呢？

現在想來，那確實是跟自己不同的生物。

只有讓那樣的生物住在自己裡面，人才活著。一旦失去那生物，就會變聰明，但卻會像水停了的水車，人也像死了一般。

自己的腳，是生物住壞的、腐爛不堪的老巢嗎？

她腳裡的生物，和金色的舞蹈鞋一起，被像白色魔的狗咬走了。

爵士樂，她聽來是空的音符。

6

辻寄來道歉信。

他四、五歲的時候。

他家的小狗，咬了女鞋回來。他拿鞋子還給鄰家。

鄰家的女學生，將幼小的他抱在膝上。那是她的鞋子。

幼小的他認為除了讓狗咬鞋子外，沒有讓美女喜歡他的方法。

那也是他現在懷念的回憶。

他終於成為喜歡狗的小孩。任何狗都喜歡玩鞋子的。

舞蹈對他而言是鞋子的藝術。

看她的舞蹈，他想起年幼的日子。所以想贈送她美麗的舞蹈鞋。

因此，他的心情像幼兒的天真憧憬，是回憶、懷念年幼日子之餘的動作。

讀著他的信，她認為天真是假的。終究，他無疑是一個色情狂。

不過，這次的信明白寫著寄件人的住址。

7

她進入飯店，還沒來得及坐下，辻就把桌上的手帕掀起來。

她的金色舞蹈鞋，從那裡跑出來了。

看到它，感到不可思議外，當然還有忐忑不安。

他說：聽到敲門聲時，趕緊用手帕蓋住。之後，是一連串的道歉話語。

她問：是他要狗狗把鞋子拿回來的吧？

他回答：從未命令狗狗去偷鞋子；不過，每次狗咬女鞋回來時，自己似乎不由得露出高興的表情，因此狗養成只要看到女鞋就咬回來的習性。

那樣的事，暫且不提，她想要回來的是到不久之前一直棲息在她腳的生物。她認為那生物是逃到這裡的，所以來探訪。

可是，不知該如何說明才好，搜尋用語之間，她想玩弄他。

看著像似被供奉在祭壇上的自己的舞蹈鞋，她在舞台上玩弄觀眾的心情似乎甦醒了。思考這樣的男子最喜歡做的事情，像奴隸為女王做的那樣，她命令他替自己穿鞋子。

他雙手捧著金色的鞋子，恭敬放在額頭，然後跪在她腳下。

她身體顫抖，劇烈的喜悅。

覺得奇怪，在覺得奇怪之際，在這場莊嚴的，有如神授予人生命的儀式上，他身上的激烈顫抖，也傳到她身上來。

她的腳迴旋跳舞的生物回來了。

從鞋子觸到腳的瞬間開始，她變成夢中女王。

她雖然想著笨蛋，想用鞋子踢他的臉頰，可是，當他幫她穿好鞋子之後，她感覺到腳逐漸酥麻，儘管如此，但還是不動。因為她感到與他身上不同的生物，現在激烈地動著。

國家圖書館出版品預行編目資料

川端康成掌中小說集 1/ 川端康成著 .
-- 初版 . -- 臺北市 : 聯合文學 , 2022.09
264 面 ; 13.5×19.5 公分 . -- (聯合譯叢 ; 93)

ISBN 978-986-323-484-5 (平裝)

861.57　　　　111014218

聯合譯叢 093

川端康成 掌中小說集 1

作　　者／川端康成
譯　　者／林水福
發 行 人／張寶琴

總 編 輯／周昭翡
主　　編／蕭仁豪
編　　輯／林劭璜
封面設計／許晉維
資深美編／戴榮芝
業務部總經理／李文吉
發行助理／林昇儒
財 務 部／趙玉瑩　韋秀英
人事行政組／李懷瑩
版權管理／蕭仁豪

法律顧問／理律法律事務所
陳長文律師、蔣大中律師

出 版 者／聯合文學出版社股份有限公司
地　　址／(110)臺北市基隆路一段 178 號 10 樓
電　　話／(02)27666759 轉 5107
傳　　真／(02)27567914
郵撥帳號／ 17623526 聯合文學出版社股份有限公司
登 記 證／行政院新聞局局版臺業字第 6109 號
網　　址／http://unitas.udngroup.com.tw
E-mail:unitas@udngroup.com.tw

印 刷 廠／約書亞創藝有限公司
總 經 銷／聯合發行股份有限公司
地　　址／(231)新北市新店區寶橋路235巷6弄6號2樓
電　　話／(02)29178022

出版日期／ 2022 年 9 月　初版
2024 年 1 月 8 日　初版一刷第二次
定　　價／ 390 元

ISBN 978-986-323-484-5 (平裝)